JN122523

百華後宮鬼譚
皇帝暗殺の謀略!?　下働きの娘、巣立ちのとき

霜月りつ

ポプラ文庫ピュアフル

目次

CONTENTS

HYAKKA
KOKYU
KITAN

Presented by Ritsu Shimotsuki

第一話　甜花、図書宮の鬼霊に出会う

序

新しい年の最初の月が終わる頃、甜花（テンファ）にとって重大事件が発生した。なんと、図書宮の自由閲覧が可能になったのだ。

もともと後宮の大図書宮は、後宮の人間なら誰でも自由に閲覧できた。一般の人間でも皇宮の許可が下りれば所蔵されている図書を自由に閲覧、借りることも可能だ。それが一〇年程前から閲覧禁止となり、本を借りたい人間は受付の書仕に頼んで書架から持ってきてもらうという仕組みになっていた。

自由に図書宮の中で書物を探したい甜花としては、受付から奥に広がる書架の群れを垂涎（すいぜん）の思いで見つめているしかなかった。

一度だけ、図書宮で遭遇した皇帝璃英（リエイ）のおかげで受付の奥の室内に入れたが、それきりだ。

だが、今年から再び自由閲覧ができるようになった。噂では皇帝陛下の指示ということだった。

(璃英さまが後宮にお渡りになったら、お礼を申しあげよう!)

後宮には現在四人の后（きさき）、九人の佳人（かじん）がいる。それぞれが館を持ち、甜花は九番目の佳人、陽湖妃（ヨウコひ）のもとで下働きをしている。

後宮の主、若き皇帝璃英はまだ数えられるくらいしか来ていないが、一番多く通っているのが陽湖妃のいる第九座と呼ばれる館だ。

通うと言っても、璃英は第九座で飲み食いしたり昼寝をしたりしているだけで、陽湖も彼をかまったりしない。璃英はそのそっけなさをこそ、気に入っているという。

だらだらと過ごす主の佳人と皇帝を見ていると、姉弟のようにも見える。

一〇年前、皇帝の兄瑠昂（ルコウ）に縁があったため、璃英も甜花に親しく接してくれている。

自分が図書宮に入りたいことを知っている皇帝が規則を変えてくれたのかもしれないと甜花は思った。

「陽湖さま、図書宮へ行ってもよろしいでしょうか？」

日に一度、甜花は主人に伺いを立てる。

「もちろんだとも。またおもしろそうな本を借りてきてくれ」

美しい女主人は長椅子に横になって気安い口調で答える。

「甜花、あたくしには西域の衣装の本をお願い」

召使（しょうし）の白糸（パイルー）が編み物をしながら注文する。

「わかりました。銀流（インリウ）さんと你亜（ニア）さんはいかがですか？」

「わたくしは別によい」

抜き身の剣のように細く背の高い侍女の銀流はそっけない。

「你亜はお魚の絵が載ってる本がいいにゃ」

ふわふわした巻き毛の你亜は敷物の上に寝転がったままだ。

「紅天(ホンチャン)さんはどうしますか？」

甜花は窓辺で頬杖をついている赤毛の少女に声をかけた。彼女も召使だったが、ぼんやりとした顔で空を見上げて答えない。

「紅天さん？」

再度呼びかけるとのろのろと振り向いた。いつも陽気で美しい歌を歌う紅天だったが、なんだか元気がない。

「紅天は……別にいいよ」

「紅天さん、大丈夫ですか？　具合でも悪いんですか？」

心配になって声をかけると紅天は少しだけにっこりした。

「ありがとう、大丈夫だよ。ちょっとお山が恋しくなっただけ」

そう言ってまた空を見上げる。

「甜々(テンテン)、紅天は少し郷患(さとわずら)いなのだ」

陽湖がそう言って紅天のそばに寄り、その頭を撫でた。

「気にせず行ってくれ」

「わかりました……。では行ってきます！」

館の住人の頼みを聞いて図書宮に行く。だからこれはわたしの楽しみじゃなくて、ちゃんとお仕事！

甜花は跳ねるような足取りで後宮の庭に飛び出した。

ああ、図書宮！　本の海、書物の山。わたしの憧れ、最終目的は図書宮への永久就職。

森のような広大な庭を抜け、甜花は大図書宮の塔を目指した。

一

大図書宮は後宮の庭の一番端、皇宮との境に造られている。

背の低い草地の中に立つ黒い建物で、三階建ての丸い塔の後ろに四角い建物が広がっている。

入り口に立つ槍を持った二人の門番に挨拶をして、甜花は塔に入った。すぐに受付があり、書仕の女性がいる。

視線を上げると三階分の吹き抜けすべてを埋めている書架が見え、書仕の背後にまっすぐ目をやると、そこにも数え切れないほどの書架がある。

「こんにちは！」

甜花は受付の書仕に挨拶した。

「こんにちは、いつも元気ね、甜花さん」

書仕の証である青い肩布を巻いたふくよかな女性が愛想よく挨拶を返してくれる。

「はい、また来ました！」

「甜花さんの館くらいよ、毎日いらっしゃるのは」

「うちの佳人さまや侍女たちは本が大好きなので」

自分のことは棚に上げておく。甜花は受付を通ると図書の中に入った。

「……はあっ」

何度入っても図書の匂いは好きだ。紙と墨の匂いは袋につめて部屋に持ち込みたいくらいだ。

甜花は花に誘われる蝶のように書架から書架に移動した。

(西域の衣の本……魚の図鑑、いや、図鑑じゃなくて物語でもいいかも)

頼まれたものを見繕うのも楽しい。

(陽湖さまは面白い本……でもあまり長いお話はお好みじゃない……いろいろな不思議な話がたくさん載っているものがいいよね)

とりあえず全員の本を選んだ後、今度は自分のための本を選ぶ。最近甜花が楽しんでいるのは『多文怪異本（たもんかいいほん）』。あやかしや鬼霊（きれい）と対峙する多文（たもん）という医者の冒険譚だ。書仕が作業をする窓際の机を借りて本を開く。『多文』連作（シリーズ）は図書宮で読むと決めていた。一話読んだら書棚へ戻す。そして借りるのはまた別の本。

（さあて、今回の多文さんは……）

指の先を柔らかな紙に滑らせる。最初の一文字から甜花はすぐに物語の中に入り込んだ。

一話分読み終わり、甜花は後ろ髪を引かれながら本を棚へ戻した。このあたりに分類されているものはすべて伝奇や伝説の類（たぐい）の本だ。背表紙を眺めているとそこに影が落ちた。

「甜、花、ちゃん」

「あ、星奈（シンナイ）さん」

小声で呼ばれて小声で答える。書仕の星奈が立っていた。星奈は書仕の一人で甜花より三つ年上で、しかし書仕になってやっと一年だという。丸顔で幼い顔立ちをしているので、最初は年下か同い年だと思っていた。

以前、那ノ国で一番怖いと評判の『佐五情話（さごじょうわ）』を読んでいたら「あなたも怖い話が好きなの？」と話しかけられた。

　星奈は怪談が大好きだが、周りに同じ嗜好のものがいないと寂しさを打ち明けてきて、それ以来親しくなった仲だ。

　怪談話が一番好きというわけではなかったが、本を読む女性が少ない現状、物語の話をできるだけで甜花は嬉しかった。

「甜花ちゃん、多文の話どこまで進んだ～？」

「まだ湖沼地帯のところまでです」

　この本も星奈から教えてもらったものだ。

「そう。そこからがますますおもしろくなるのよ」

　嬉しそうに笑う星奈は両腕に古い本を抱えている。一冊一冊がやたら大きな型をしていた。

「星奈さん、その本はなんですか？」

「これ～？　餅安(ビンアン)族の文化史なの。地下の『絽(ロ)』の部屋へ持っていくのよ」

「お手伝いしますよ、星奈さん」

「あら、大丈夫よ」

「星奈さん、わたし、知ってるんですよ」

　甜花は星奈の腕から大型本を半分持ってにっこり笑う。

「『紹』の部屋は稀覯本が納められているんでしょう？　わたし見てみたいです！」

図書宮の地下には閲覧に注意が必要なものや修繕中のもの、珍しいものが納められている。その敷地は地表に出ている建物のさらに倍はあり、いくつもの部屋が縦横に広がるさまは蟻の巣にも似ていた。

甜花は星奈のあとについて乾いた廊下を進んだ。火気厳禁のため、地上からの明かり取りの窓がある以外は、星奈の持つガラス器に入った手燭しか照明はない。薄暗く静かで二人が進む足音しかしなかった。

「ここよ、『紹』の部屋」

星奈はたもとから鍵の束を取り出した。丸い金属の輪にいくつかの鍵がついている。ジャラリという音がひどく大きく廊下に響いた。

「鍵が閉まってるんですね」

「そうよ、地下の書物は古くて貴重なものが多いから、通常は鍵がかけられているの」

星奈は言いながら、その中の一本で部屋の扉を開けた。中も廊下と同じく薄暗い。天井部分からわずかな光が入ってきていた。

星奈は手にしていた手燭を入ってすぐの書棚に置いた。その書棚もだが、すべてに甜花の頭よりもはるかに高い場所まで棚がついている。

「この空いている部分に並べてちょうだい」

幸い指示されたのは甜花にも手の届く場所だったので、甜花は星奈を手伝って大きな本を棚に並べ始めた。だが、すぐに他の本に気をとられてしまう。

「わあ星奈さん、この本、竹でできてますよ」

甜花は一冊引き抜いて叫んだ。

「ああ、それは前燕（ゼンエン）時代の本ね。まだ紙が発明されてなかったのよ。それよりこれを見て」

星奈も一冊出して甜花に開いて見せる。

「うわ、布の本だ、しかも文字が刺繡？　すごいですね！」

本を並べ終えたあと、甜花は書棚の本を見て回った。稀覯本というだけあって、変わった材質の本が多い。手燭を持って書棚に顔を近づけ、擦れてしまった文字を読む。

「それにしても古い本が多いんですね」

「そうなの。それ自体、歴史的な価値があるけれど、そのままだと本が壊れてしまうわ。だから内容を新しく書き写したりしているものもあるのよ」

星奈は棚の一部の空白を指した。

「ほら、ここ空いているでしょう？　これは今写本のために移動させているの。写本が終わったらここへ戻すのね」

「じゃあ今運んだ本も写本していたものなんですか？」

「ううん。これは修繕ね。表紙の傷みが激しかったから新しい表紙にしたのよ。本の中には写しているそばからぼろぼろ崩れてしまうものもあって大変なの」

それでも星奈は楽しそうだ。書仕は書物を愛するものであることが第一条件なのだ。一日中本に触れていることが苦痛と感じるものには務まらない。

「それにしても甜花ちゃん、わざわざこの部屋に来たがるなんて……もしかして誰から聞いたの？」

星奈は声をひそめて言った。

「え？　『紹』の部屋は稀覯本の部屋だから」

「そっちじゃないわ、それのことよ」

星奈は甜花の立っている床を指さした。

「それって？」

甜花は足元を見た。ただの木の床だ。

「そもそも……図書宮が一般の人に閉ざされたのはこの部屋が原因なの」

星奈は妙にゆっくりと言葉を紡ぐ。

「え？　そうなんですか？」

「そう。実はこの部屋で」

星奈は胸の前で両手を交差させ、上目遣いでにたりと笑ってみせた。

「人が死んだのよ～」

「ええっ!?」

「ちょうど甜花ちゃんのいた場所に修繕部の書仕が倒れていたの」

甜花はあわてて床から飛び退いた。

「そ、それってなぜですか？　事故があったんですか？」

「それがよくわからないのよ～。状況からすれば自殺なんだけど」

星奈は手燭でわざわざ床の上を照らしてくれた。別に色が変わっていたり材質が変わっているわけではなさそうだ。

「自殺、ですか？」

「先の尖ったもの――錐で胸を突いて血を流して死んだのよ。床の上には散らばった本と這い回ったような血の跡が残っていたと聞くわ～」

「それって……死にきれず？」

想像して甜花は顔をしかめた。

「そうかもね。錐だけで死ぬのはむずかしかったのかも」

「状況からすればって、どういう意味なんですか？」

「あら、それ聞いちゃう？　聞くと眠れなくなるわよ～」

星奈はどこか嬉しそうに言いながら扉に近づいた。そして扉の鍵をかちりと内側から閉める。

「ほら、こんなふうに部屋の鍵は内から閉めることもできるの。死体が見つかったときには鍵が内側から閉まっていたのね」

「ああ、なるほど。それで自殺なんですね」

「でもねえ、おかしいのはその書仕を殺した道具が――錐が二本あったのよ。修繕部の書仕はみんな自分の錐を一本持っているのね、でも彼女のそばにはもう一本、錐が落ちていたの。これってどう思う？」

星奈は人さし指を立て、それをゆっくりと振った。思わず目がそれに引きつけられる。

「部屋の状況は自殺、でも凶器が自分のものともうひとつあるって、それは誰か別な人のもの、と考えられない？」

「殺したとか凶器とか……星奈さんは殺人だとでも思ってるんですか？」

ごくりと甜花は息を呑んだ。

「実は地下の鍵束は三つあるのね」

星奈はたもとに持っていた鍵束を取り出した。

「ひとつは死んだ書仕が持っていたわ」

「じゃあ残りのふたつのうちひとつを誰かが使って？」

「それが」

星奈は甜花にぐっとからだを近づけ、小声で言った。

「そのときには鍵束はちゃんと鍵を管理する図書局の机に入っていたの。鍵束を持ち出すには申請して名を記録に残すんだけど、その日鍵を借り出したのはその死んだ書仕以外いないのよ」

「じゃあやっぱり死んだ書仕が自分で鍵をかけたとしか……？」

そのときいきなり扉のほうでガチャリと大きな音がした。

「わっ、誰か来た！」

星奈は甜花のからだを押した。

「隠れて隠れて、甜花ちゃん！　書仕じゃない人がいるのがばれたら叱られるわ！」

「ひゃいっ！」

甜花と星奈は急いで隅の書棚の陰に身をひそめた。

「あれ？　星奈さんは隠れなくても……」

「しいっ！」

星奈は長下衣（スカート）で手燭の器を覆って灯りを隠した。

扉が静かに開く。入ってきたのは当然書仕だった。甜花は彼女の名前は知らなかったが存在は覚えていた。彼女はずいぶん背が高くて目立っていたからだ。

その書仕は手に鍵束を持っていた。

（あれがあとふたつの鍵束のうちのひとつ……）

書仕は甜花たちが本を納めた棚の前に立つと、並んだ本の背に手のひらを押し当てた。

「………」

なにか言ったようだったが声は小さくて聞き取れない。

（あ、）

甜花は目をパチンと大きく開いた。床の上にもう一人女性の姿が浮き上がってきたのだ。

それは生きている人間ではなかった。胸元には大きな血の染みがあり、床に滴り落ちている。

（鬼霊（きれい）だ！）

さっきまでいなかったのに急に出てきた。星奈の言っていた死んだ書仕なのだろう。

彼女は書仕の印である青い肩絹を身につけている。

その書仕の鬼霊は床の上を這っていた。両手で床を撫で回し、膝でゆっくり進んでいる。這ったあとには血が残っていた。

もう一人の生きている書仕は、そんな鬼霊には気づきもせずに書棚を眺めている。

やがて頭をさげると祈りを捧げるように両手を組んだ。

甜花と星奈が見ているうちに、書仕は組んだ指を額に押し当て、苦しげな顔をしたかと思うと、さっと身を翻し部屋を出た。

ガチャリと外から鍵の閉まる音が聞こえた。

床の上の鬼霊は——消えていた。

(なんなの?)

「なんだったの?」

甜花の思考にかぶせるように星奈が言った。

「今の、梓蘭(シラン)さんよ。私より六つ上の先輩」

「本を探しにいらしたのでは?」

「なにも持っていかなかったわよ、それにあの素振り」

星奈は真似するように指を組んだ。

「あれ、お祈りよね」

「死んだ書仕の方に祈っていたのではありませんか?」

甜花は床の上を這っていた鬼霊を思い出していた。あれは死にきれず苦しんでいたというよりは——。

「そうなのかしら……でもなにか変よね」

星奈は腕を組んで首をひねった。

「ここで人が死んだのは書仕なら誰でも知ってるけど、祈りを捧げようなんて思うかしら。もしかして彼女……」

甜花は星奈の考えていることがわかったので、そっと腕に触れた。

「星奈さんやめましょう。本を愛する書仕が書棚の前で殺人を犯すはずがありません」

「……そうか、そうよね」

星奈は梓蘭と同じように本の背表紙に手を這わせた。

「血の染みがついたら大変だものね」


「図書宮にも鬼霊が出るか」

そう言って苦い笑みを浮かべたのは皇帝、璃英だ。今は冕冠（べんかん）も外したただらしのない姿で長椅子の上に横になっている。

普段その長椅子を使っている第九座の陽湖妃は、そばの床の上で小座布（クッション）を抱えて同じように横たわっている。

甜花が図書宮で鬼霊を見た翌日、皇帝の渡りがあった。皇帝は四人の后の館に小半限（約一五分）ずつ滞在したあと、第九座へやってきた。

四后はそれぞれ有力な後ろ盾を持つ后たちなので、皇帝といえど蔑(ないがし)ろにするわけにはいかない。おざなりにでも挨拶は必要だ。

「疲れた」

ごろりと横になっていた皇帝に、甜花は爽やかな翠茶(すいちゃ)を出した。

「ありがとう」

璃英はのろのろとからだを起こすと白磁の器に入った茶を啜った。

「なにか面白いことはないか？　甜々」

そう言われたので甜花は図書宮で鬼霊を視たという話をしたというわけだ。皇帝璃英も実は鬼霊を視る目を持っている。第九座の住人たちも甜花の能力のことは知っているので隠し立てをする必要がないのは気が楽だ。

「図書宮の事件のことは聞いたことがある。まだ兄上がお元気でいらしたときだ。そのあと図書宮は書仕以外立ち入ることを禁じられたのだ」

その事件が閲覧禁止の原因だったとは。

「璃英さまが閲覧禁止を解いてくださったのでしょう？　ありがとうございます」

甜花は盆を胸に抱えて頭を下げた。

「いや、あの事件から一〇年も経ったからな、そろそろ解禁にしてもよいのではないかと思ったのだ」

「それにしても書仕が書物部屋で死ぬなんてにゃあ。你亜にとってはお魚倉庫で死ぬようなもんかにゃ」

少し離れた場所で第九座の使用人たちが雑談をしている。皇帝の前でも陽湖が普段と変わらぬ態度をとっているので、彼女たちも気楽なものだ。璃英も特に気にしてはいない。

「你亜なら魚を腹にたらふくつめて食べ過ぎで死んでるね」

紅天が寝転がったままの你亜におかしそうに言う。

「白糸は刺繡糸で首吊りにゃ？」

「そんなことに糸は使いませんわ」

かわいい口調で物騒なことを言われ白糸が顔をしかめる。璃英は使用人たちのそんなたあいのないおしゃべりをくつろいだ様子で聞いていた。

「その書仕は本当に自殺だったのか？」

陽湖が尋ねると璃英は肩をすくめた。

「皇も詳しいことは知らないのだ、兄上から聞いただけだし、当時はまだ子供だったのでな」

「書仕が本を汚すような死に方はしないと思うんです」

甜花はおずおずとだが、きっぱり言い切った。

「つまり甜花はその書仕は自殺ではないと思っていますのね」

白糸が言うと甜花は大きくうなずいた。璃英は長椅子から身を起こして甜花に視線を向ける。

「おそらく後宮内でもそう考えたものがいるのだろう。捜査はしたらしいが、犯人は見つかっていない。同じ書仕なのか、外部から入ってきたものなのかもわからん。それで結局閲覧禁止となった」

「おおざっぱなやり方だな」

呆れたように言う陽湖に璃英は苦笑する。

「犯人が見つからなかったことと、内側から鍵がかけられていたことで自殺ということに収まったのではなかったかな」

「あの鬼霊、なにかを捜していたみたいなんです」

甜花は自分の見た鬼霊の様子を話した。

「床の上を手探りで、ときどきものをどけているような仕草も見えました。胸からたくさん血が出てるのに、それより優先して捜すものってなんでしょう」

「図書宮を開放したというのに鬼霊が残っているのは問題だな」

皇帝は甜花を見てにんまり笑った。

「甜花水珂（スイカ）、皇帝が命じよう。図書宮の鬼霊の捜し物を手伝ってやれ」

「えっ!?」

「それは困るぞ陛下。甜々はただでさえ一日一回、一限近く図書宮にこもっているのだ。そんな仕事をさせたら戻ってこないではないか」

すぐに陽湖が文句を言う。

「しかし大図書宮は国の宝だ。そこに鬼霊が出るというのはまずい。それに、」

と璃英は陽湖に片目をつぶって囁く。

「甜々のほうはやる気になっているみたいだぞ？　楽しそうなのに水はささないだろう？　陽湖どの」

「うっ……」

陽湖が甜花を見ると、彼女の愛する下働きはきらきらとした目を向けて手を合わせている。

「図書宮で誰かが困っていたら助けたいです。お願いします、陽湖さま」

「……ずるいぞ、陛下。私が甜々の頼みを断れないことを知っているだろう」

「よろしいのですか？　陽湖さま！」

陽湖は喜ぶ甜花の手をそっと包んだ。

「しかし、くれぐれも無理はするな。危険なことはだめだぞ？　そして一日も早く鬼霊の捜し物とやらを見つけるのだぞ」

「はい！」

　そんな主人たちの会話を聞いて、紅天と白糸は顔を見合わせた。

「ほんとに陽湖さまは甜々に甘いなあ」

「まったくですわ。天涯山（テンガイザン）の大妖（たいよう）さまとは思……」

「しいっ、白糸！」

　紅天が白糸の口をふさぐ。甜花にはその声は届かなかったようだが、長椅子で横になっていた璃英が顔を上げて二人の召使を見た。

「天涯山のなんだって？」

「なんでもないよ……ないでございますよ！」

「なんでもございません！」

　紅天と白糸が慌てて首を振る。璃英は「ふん」と軽く鼻で息を吐いて再び頭を椅子に戻した。

　鬼霊を視る下働きの甜花を使う第九座。その座の面々が実は人ではないということは、甜花を含めて誰にも知られてはならない秘密だった。

二

翌日、図書宮へ足を運んだ甜花は受付でいつもの書仕から声をかけられた。

「甜花さん、あなたなにをしたの？」

「は、はい？」

「書仕長さまがお呼びなのよ。どういうことかしら」

「は？」

自殺したと言われている書仕の話をどうやって聞こうかと考えていた矢先だった。

甜花は書仕につれられて、吹き抜けになっている塔の二階へあがった。

（ここは未整理の本だけが納まっていると思っていたんだけど、ちゃんと部屋があるのね）

書棚の間に小さな扉がある。そこを開けると大きな机の上にうずたかく書物が積み上げられた光景が目に入ってきた。

「どうぞ」

案内してくれた書仕が甜花の背を軽く押す。どこに書仕長が……と思っていると、

「よく来たのう」と老いた声がした。どうやら書物の壁の向こう側にいるらしいが姿

が見えない。

「吾輩が書仕長の蘇芳江（スオウゴウ）じゃ。ちょっと急ぎの仕事があっての。その長椅子にかけていてくれ」

「は、はい。失礼します」

甜花は言われるまま長椅子の上に腰を下ろした。

「ではね」

案内してくれた書仕が気がかりな顔をしながら退出し、甜花は書仕長と二人きりで残された。書仕長の部屋も机の背後を除いて他の三面はすべて書棚で囲まれている。

甜花は首を巡らせて書棚を眺めた。

「甜花水珂、もう少し待っておれ。吾輩、今この文を書いてしまうからの。ああ、もし書棚に気になったものがあったら見てよいぞ」

書棚を見ていいという、甜花にとっては最大級の褒美をもらった以上、おとなしく座っていることはできない。

甜花はそわそわと周囲の棚を見回し、やがて立ち上がると書棚に顔を近づけて表紙がこちらを向いているものを検分し始めた。

やがてその中に古い読み物を見つけ、そっと手に取る。どんなお話なのか冒頭を読むだけ……と思ったが、その数行であっという間に心を摑まれてしまった。甜花は書棚の前に立ったまま、その書物を読みふけった。

「……甜花水珂」

どのくらい経ったのか、声をかけられ甜花ははっと目をあげた。

振り向くと机の上に肘をついて、組んだ手の上に顎を載せた老女が微笑んでこちらを見ている。彼女の前に築かれていた本の壁はいつのまにかなくなっていた。

「あ、す、すみません」

甜花はあわてて本を閉じ、棚に戻した。

「吾輩、三回呼んだぞ」

書仕長、蘇芳は真っ白な髪を長い三つ編みにして胸の前に下げていた。ずいぶんと小柄で、椅子に座れば床に足がついていないのではないかと思われる。しわの多い顔だが表情は明るく楽しげだった。

「すみません!」

「本が好きなのだな」

「はい!」

本を好きな気持ちは誰にも負けない。甜花は思い切って言った。

「わ、わたしは書仕に……図書宮で奉職したいと思っています!」

「おや、でもおまえは第九座の下働きだろうが? 吾輩、甜花水珂は佳人さまのお気に入りだと聞いておるぞ」

書仕長などというと、館吏官長の鷺映のようにきりっとした堅そうな女性を想像していたのだが、蘇芳は声も柔らかく、なにより笑顔が魅力的だ。

「は、はい……でも、わたしは書仕になって祖父の蔵書をこちらに寄贈したいと考えています。それを一般の人にも開放し、皆で読めたら、と」

「うーむ、それはおいそれとは請け負うことはできんな。図書宮の書棚も無限というわけではない。所蔵する本はそれなりに価値のある本でなければの」

甜花は書仕長の前に倒れ込むような勢いで膝をついた。

「祖父の蔵書は、祖父の本、祖父の集めた本は大きな知識そのもので……っ」

だが、蘇芳は甜花の言葉を遮って続けた。

「それに在野の老人が集めたものではほとんどすでに図書宮に所蔵されていると思うがな。おまえがいくら価値があると思っても、それは素人判断じゃ。吾輩たちが所蔵するものとは違う可能性が大きい」

「そ、祖父は……！」

宮廷博物官であり、知の巨人と呼ばれた祖父を在野の老人と言われ、甜花は全身を震わせた。

「おじいちゃんはただの年寄りではありません！　おじいちゃんは……っ」

「ん、待て」

蘇芳は片手をあげた。

「甜花水珂……水珂……？　んんん？」

蘇芳は三つ編みの先を持って自分の頬を撫でた。

「まさかおまえの祖父は士暮水珂……？」

「そうです！」

ガタガタと音がして蘇芳の姿が机の上から消えた。やがて机を回ってきた書仕長は、甜花の前で飛び上がってその手を取った。

「あの博物官の水珂先生か！　その著書？　蔵書？　なんでそれを早く言わん！」

いや、言おうと思ったら遮られたのだ、と甜花は口をぱくぱくさせた。

「水珂先生の蔵書ならば話は別じゃ！　図書宮に納める価値のあるものに決まっておる。一〇年前、水珂先生が皇宮をお出になられて以降の本は図書宮には一冊もないのでな。それ以降も書かれていたのだろう？」

「は、はい」

蘇芳の勢いに甜花はうなずくしかできない。

「うむ、それはありがたい。今すぐには返答できんが、書仕会で検討しよう」

「本当ですか!?」

「ああ、だが」

蘇芳はしわの深い頬にいたずらっ子のような楽しそうな笑みを浮かべた。

「それとおまえが書仕になれるかは関係ないが」

「もちろんです！　祖父の本を散逸させずにこちらに納めていただけるなら、これ以上ない喜びです」

「わかった。それでその本は今どこにあるかの？」

甜花は蘇芳に書物を納めている蔵の所在を伝えた。蘇芳は机に戻ると手元の用紙にそれを書きとめる。

「よろしい。近いうちに書仕会にかけてみよう」

「はい、ありがとうございます」

甜花は身が震えるような気持ちだった。これで祖父との約束がひとつ果たせるかもしれない。

（おじいちゃん！　知の巨人の蔵書が、膨大な記録が、図書宮で保管してもらえるように見守ってて！）

指を組み、甜花は祖父に祈った。目の奥に祖父の笑顔が浮かぶ。熱い滴が甜花の目を潤した。

「さて、甜花水珂。話が大きくそれてしまったが、今日ここへ来てもらったのは皇帝陛下より吾輩に命が下ったからじゃ」

「……え？」

感動でぼうっとしていた甜花は、蘇芳の言葉の意味が少しの間わからなかった。

「おまえは地下の『紹』の部屋で鬼霊を見たそうじゃな」

（うわ！）

心臓が大きく脈打つ。まさか皇帝がそのまま他人に伝えるとは思っていなかった。

（陛下ってば、普通の人にいきなり鬼霊の話をしたって信じてもらえるはずがないじゃない。それはご自分がよくご存じのはずなのに！）

そんなことを言ってせっかく祖父の蔵書に手を差しのべようとしてくれている書仕長の機嫌を損ねたらどうするのだろう。

「甜花水珂はよく鬼霊を視るのかの？　それともたまたま今回だけ、『紹』の部屋でのみ視たのかの？」

蘇芳はぐぐっと身を乗り出すようにして質問してくる。これはいったいどう答えるのが正解なのだろうか？

「鬼霊はどんな姿をしておるのかの？　青白い火が見えたという記録もある。足がなかった、首がなかったと書いてある書物もある。そうそう、人の姿をしてなかったとも。一番新しい記録は――ええっと、『小柳奇（ショウリョウキ）譚（タン）』だったかの」

蘇芳はまた三つ編みの先で自分の頬を撫でた。

（……あれ？）

甜花は伏せていた顔を少しずつ上げた。

「鬼霊の出現に伴って気温が下がるという記録もいくつかあるしの、おかしな物音が聞こえたということも……」

甜花はやっとしっかりと蘇芳の顔を見た。蘇芳は目を輝かせ、頬を紅潮させて——これは知っている、この表情は期待だ。

（もしかして）

「あ、あの、書仕長さま」

「おう、おう」

蘇芳はいっそう身を乗り出す。

「もしかして……書仕長さまは……そういう方面のお話が……」

「おお！　大好きなんじゃよ！」

蘇芳は星奈と同じく、怪談を愛する同志だった。

「吾輩のように鬼霊や妖異、不思議な出来事が好きなものは怪厨子（かいずし）と申す。ただおもしろがるだけでなく、ちゃんと分類研究しているものも多いのじゃ」

ごほん、と空咳をして蘇芳は言った。

「はあ……」

「たとえばの、『後国偽書（コウコクギショ）』などは龍が出てきて大きな街を破壊したという記述が載っておる。その龍を巨大な蝶の妖怪が打ち倒したとあるのじゃ。だが後世の研究でこれは北方の民族戦争であったことがわかった。このように、怪異が史実に結びついていることもある。また百年ほど前の後宮にさまざまな妖異が現れたことを記した『妖怪記帳（ヨウカイキチョウ）』という書物では、巫師（ふし）が女性に化けて後宮に入り事件を収めたという、まるで物語のような事実もある」

蘇芳の声は甲高く、やや早口になっている。これには甜花も覚えがある。自分が好きなものを語るときにはこんなふうに前のめりになって話してしまうのだ。これが好事家――いや厨子なのか。

「世の中には人の力、考えが及ばないものがたくさんある。後宮のような特異な場所にはそういった現象も多い。そういうことに直面したとき、ただ怯え祈るだけでは解決せん。そんなときこそ、図書の出番じゃ」

「はい……」

「なんてな。まあそういうのは二の次。単純に吾輩は不思議なことが好きなのじゃ」

そう言って蘇芳は「うふふ」と首をすくめた。童女のように笑う人だと甜花は蘇芳が好きになる。

「それで陛下は吾輩に、おまえの欲しがる情報を与えるようにとお命じになったのじゃ。吾輩のわかる範囲で話をしよう。だがおまえからもいろいろ聞きたいの」

おそらく陛下は蘇芳さんのこの性質をご存じで、話しても大丈夫と思われたのね、と甜花はうなずいた。

「はい、わたしもちゃんとご報告します。『紹』の部屋で視たのは青い肩絹を身につけた書仕でした」

甜花の言葉に蘇芳は「おお」と両手で頬を押さえた。

「それはやはり凜怜(リンレイ)だったのかの」

「『紹』の部屋で命を落とされた方ですか？」

「そうじゃ。その鬼霊はどんな様子であったか？」

甜花は目を天井に向け、姿を思い出そうとした。

「──胸から血を流していました。髪は結い上げて、白い玉のかんざしを挿していました。お顔はあまりよく見えませんでした」

「白い玉かんざし……」

それを聞いて蘇芳は椅子から降りると背後の書棚をごそごそと漁りだした。やがて、書類をまとめた冊子を引き出すと、ぺらぺらとめくってゆく。

「あったあった。これは凜怜が亡くなったときの調書じゃ。ここに返した遺品の目録がある。――うむ、確かに彼女は白い玉かんざしをつけておったようじゃ。となるとやはり凜怜じゃのう」

「鬼霊は――凜怜さんは……出血していたのに床の上でなにかを探していらっしゃるようでした」

蘇芳はまた三つ編みの先で自分の頬を撫でる。目を閉じて考えている様子から、その動作は彼女が記憶を手繰るときの癖のようなものなのだろう。

「おおそうだ、確かにあの時『紹』の部屋の床はひどく血で汚れておった。床の上には書物がちらばり、それにも血がついておった。けれど凜怜が死の間際避けたのか、床の血の量に比べて驚くほど汚れは少なかったのじゃ」

自分の出血より本を守るなんて書仕の鑑だ。

そこまで語って蘇芳はなにかに気づいたような顔をした。

「あ、ちょっと待て。そもそもなぜ甜花水珂は『紹』の部屋に入ったのじゃ？　書仕以外は入れないのじゃぞ」

しまった！　と甜花は首をすくめた。確かに星奈も言っていた。稀覯本を集めてある『紹』の部屋は一般人が入ることを禁じられている。

「も、申し訳ございません！　わたしが稀覯本を見たいとお願いしてしまったんです」

「ふむ。誰にじゃ？」

「それは……そのぅ……」

星奈の名を告げて彼女が罰せられることになったら申し訳ない。

「甜花水珂、もしおまえを『紹』の部屋に入れたことで書仕が罰せられることを考えているのなら気にせんでもいい。そのおかげで鬼霊の事実がわかったのじゃからな。吾輩、そこまで度量は狭くないぞ」

「え、じゃあ星奈さんは罪に問われないですか？」

「ほう、星奈か」

あわわ、と甜花は口を押さえる。

「あれも吾輩と同じ怪厨子じゃ。ただ、吾輩が不思議な現象すべてに興味を覚えるのと違い、あれは鬼霊専門でな。一度でいいから自分の目で鬼霊を視たいと常々言っておる。甜花水珂などからしたらとんでもないと思うじゃろうな」

「はいまあ……」

視えないに越したことはないのに、と甜花は生ぬるい笑みを浮かべる。

「吾輩もまったく視えない人間でな。しかし、人はないものねだりをするものじゃ。

吾輩とて鬼霊を視たくないと言ったら嘘になるの。おまえはその目のせいで苦労もあったじゃろうが……吾輩たちのようなものからすれば羨ましいほどじゃ」

羨ましいなんて、と甜花は思わず目を覆った。幼いときからこの目のせいで怖い思いも嫌な思いもさんざんした。だが、正面から微笑みを向けてくる蘇芳の顔が邪気のない憧れを宿していたので、気恥ずかしく、少しばかり誇らしい気持ちにもなった。

「あ、あの、それで凜怜さんという方なんですが」

甜花はそんな自分に気づかれないようにと急いで話題を変えた。

「その人はどんな方だったんですか？」

「うん、凜怜はな」

蘇芳は腕を組んで背の高い椅子にもたれた。

「あれはもちろん本が好きな女でな。ただ内容より本の装丁のほうを愛する気があって、まあ我らが怪厨子だとしたら装丁厨子じゃな。だから修繕士となり、本の修繕には人一倍打ち込んでおった」

「へえ……」

もちろん甜花も本の装丁には惹かれる。書物の中には金箔や革を使い、美しい絵を施した美術品のようなものもある。だが甜花はたとえ表紙が破れていたとしても、内容が読めさえすればいいという口だ。

「一六のとき書仕になり、修繕の腕を磨いていた。二〇を超えれば一度後宮を出て結婚したりするものじゃが、あれはそういうことには興味がないようじゃった。里帰りの時期もこちらがせっつかなければ戻らなかったしな」

蘇芳は懐かしそうに言った。

「一度だけ、ええっと『討神演技』が出版された頃だったか、長い休みをとったことがある。体調が悪くて戻ってこられないと聞いた。だが、やがて図書宮に戻って、それ以降は最後まで家に帰らなかった」

「最後まで……」

それは『紹』の部屋で死ぬまでか。

「凜怜はそのとき子供を産んだのではないかと噂されていた」

呟くように言われた言葉に甜花ははっと顔を上げた。

「彼女はなにも言わなかったが、その前の里帰りのときになにかあったのかもしれん。それで腹が大きくなり、隠しきれなくなって実家に戻って産んだ、と。凜怜は結婚していなかったからもしそれが本当なら複雑な事情があったのじゃろう」

甜花はいくつかの可能性を考えたがそれを口には出さなかった。真実はわからないし、語るべきものはもう死んでいる。

「『討神演技』はもう二〇年以上前の本ですね」

「二五年じゃな」

蘇芳は指を折りながら数えた。

二五年前。もし子供を産んでいたとしたらもうとっくに成人している。会いたいと思ったことはないのだろうか？　それ以降後宮から出なかったということは、その子を捨てたということなのだろうか。育てられない事情とはなんだろう。愛していなかったのだろうか。

わたしも山に捨てられた。おじいちゃんが拾ってくれなければ死んでいただろう。そんな運命を与えるなんて、冷たい人なのだろうか。

「甜花水珂」

蘇芳に呼ばれて甜花は顔を上げた。

「他に聞きたいことはないか？」

「あ、……」

もうひとつあった。鬼霊が出たときに『紹』の部屋にいた書仕のこと。

「あの、梓蘭さんという書仕の方についてですが」

「梓蘭？　なぜだ」

「あの方も『紹』の部屋で見かけたのです」

蘇芳はぎょっとした顔をした。

「梓蘭は生きているぞ？」

「もちろんそうです。鬼霊ではありません」

甜花は蘇芳の勘違いがおかしくて笑ってしまった。

「梓蘭さんは『紹』の部屋で祈りを捧げていらっしゃったようなんです、それで」

「ああ」

蘇芳は納得がいったというようにうなずいた。

「それはあるかもしれんな。梓蘭は凜怜の弟子じゃ」

「お弟子さん？」

「そうじゃ。同じ修繕部で、梓蘭は凜怜から本の修繕を学んでおった。凜怜が死んでしまったので期間は短いものじゃったが慕っておったぞ。いつもあとをついてまわり、まるで雛鳥のようじゃった」

「梓蘭さんは今も本の修繕を？」

「そうじゃ。あれもずいぶんと熱心でな、かなり腕が上がったぞ。今では凜怜と同じ立派な修繕士じゃ」

「そうですか」

ではきっとあのとき祈りを捧げていたのだ。その祈りに応えて凜怜が出てきたのかもしれない。

「わたし、もう一度『紹』の部屋に入りたいんです。ご許可いただけますか？」

「よいぞ。なら梓蘭に案内させよう。凜怜の話を聞けるかもしれん」

「ありがとうございます」


甜花が書仕長の部屋を出て、一階の受付に戻りしばらくすると、背の高い女性がやってきた。昨日『紹』の部屋にいた梓蘭だ。

「こんにちは。甜花水珂さん？」

「梓蘭さんですね」

第九座では銀流が女性としては背の高いほうだが、梓蘭はさらに高い。男性にもひけをとらないくらいだ。

「梓蘭京景（ケイケイ）です。第九座の佳人さまが『紹』の部屋の本をご所望とか」

そういう話になっているらしい。甜花はうなずいた。

「通常は『紹』の部屋の書物は私たちが取りに行くものなんですが、甜花さんが選ばれたものを、ということでしたね」

「は、はい」

ちょっと強引な理由だが、書仕長から命じられたことなので梓蘭も承知しているのだろう。

「ではこちらへ」

甜花は梓蘭の後ろについて図書宮の中を進んだ。途中で書棚の前にいた星奈と目が合った。星奈は驚いたように表情を動かしたが、甜花が黙って小さく頭を下げると、自分の中でなにか折り合いをつけたのか、小さくうなずいて移動した。

地下へ降りると梓蘭は持っていた手燭に火を入れた。ガラスのふたを開けて油に浸した芯に手持ちの火入れ石で火をつける。

黄色い灯りが薄暗い廊下を照らし、背後に大きな影がゆらゆらとついてきた。

甜花は前を歩く梓蘭の腰に巻き付けてある革の帯(ベルト)に気づいた。

「梓蘭さん、その革帯はなんですか?」

甜花の質問に梓蘭は腰に手をやった。革帯には筒状の衣嚢(ポケット)がついていて、そこに金属の道具が差しこんであるのが見えた。

「これは書仕の中でも修繕を専門に扱う修繕部が使う工具帯です。この中に小さな鋏(はさみ)や針と糸、鑷子(じょうし)や錐などが納められています」

「へえ……」

「本の修繕は修繕部内で行うのが常ですが、ときには応急処置も必要なので修繕部のものはみなこれを持ち歩いています」

「そうなんですね。かっこよくて素敵です」

「――ここが『絽』の部屋です」

　梓蘭はもちろん甜花が以前この部屋に入ったことは知らない。懐から鍵の束を出すと、中の一本で扉の鍵を開けた。

「どうぞごらんになって。古い本もあるので取り扱いには気をつけてくださいね」

　中に入って梓蘭は灯火で書棚を照らした。

　甜花は部屋の中を見回したが鬼霊の姿は見えない。

（今日は出てこないのかな）

　甜花は書棚に目を向けた。部屋に入る口実とはいえ、ここから本を選んでいいのならじっくり選びたい。前回来たときに気になった竹でできた本を取りだした。

「梓蘭さんは本の修繕が専門と伺いましたが……こんな変わった本も修繕されるんですか？」

　甜花は竹の本を梓蘭に見せた。背の高い書仕はちらとその本に目を向けると、

「はい。時代や土地で本の装丁が変わることもあります。似たものがあればそれを参考に、なければ資料を探します」

　あまり抑揚のない淡々とした口調で話した。

「前にこのお部屋で亡くなられた方……凜怜さんも修繕士とお聞きしてます。梓蘭さ

んは凜怜さんをご存じですか？」

すぐに答えは返ってこなかった。甜花が梓蘭を見ると彼女は書棚のほうを見ている。

「梓蘭さん？」

声をかけると二、三度瞬きして、今気づいた、というような顔で振り向いた。

「ええ。凜怜さんですね。はい、私の最初の師匠です」

「梓蘭さんはいくつで書仕になられたんですか？」

「私は一三で後宮に入り、一年黄仕として下働きをしたあと、試験を受けて図書宮に入りました。そこで凜怜さんの下についたんです」

表情のなかった梓蘭の面がかすかに揺れる。目を伏せると睫毛が長いことがわかった。

「普通は二年下働きをしないと専門職にはつけないのに、梓蘭さんは優秀だったんですね！」

「そんなことは……。ただ下働きのときから何度も図書宮へ行っていたので、当時の書仕の方に推薦をいただくことができたんです。でも凜怜さんには短い間しか教われなかった……」

梓蘭は書棚に並ぶ本の背表紙を撫でた。

「一年……いえ、ほんの一〇ヶ月ほどでしたね」

そう言って梓蘭はうつむく。書棚に触れていた手が胸元に引き寄せられ、そっと祈りの形に組まれた。

「ごめんなさい、つらいことを思い出させてしまって……」

梓蘭の顔が悲しみに染まったのを見て、甜花は謝った。そのとき、梓蘭の足元に鬼霊が現れた。

（凜怜さんだ！）

甜花は息を呑んだ。梓蘭の足が鬼霊のからだを貫いている。だが二人とも気づいていないようだった。

梓蘭は祈っているし、凜怜は床を這って両手を動かしている。

（梓蘭さんが祈ると凜怜さんが現れる）

凜怜の鬼霊は胸から血を流している。だがそれを止めようともせず、床を舐めるほどに顔を近づけて這い回っている。

（やはりなにか捜しているようだわ。それもたぶん小さなもの）

「梓蘭さん」

甜花は凜怜に触れないようにして梓蘭のそばへ寄った。

「一〇年前、凜怜さんが死んだとき、このお部屋は荒らされていたと聞きました。凜怜さんが苦しがって書棚から本を落としたのでしょうか」

ふ、と梓蘭は顔を上げて甜花を見た。その顔にはどこかぼんやりとした表情が乗っていた。

「……そんなわけないじゃない」

梓蘭は低い声を出す。今までと違ってどこか投げやりな様子だった。

「凜怜さんはこの部屋の本の価値をわかっていたわ。そんな、本を傷めるような真似するはずがない」

「ではどうして本が落ちていたのでしょう」

「……知らないわ」

梓蘭は床の上の凜怜のからだを横切って扉に近づいた。

「私は上に戻っている。好きな本を選んで。鍵はあとでかけておくわ」

「梓蘭さん？」

ばしんと強い音を立てて扉が閉じられた。床の上の凜怜はまだそこにいる。甜花は鬼霊と一緒に部屋に残された。

「……凜怜さん」

甜花は床の上にしゃがんで鬼霊の顔に自分の顔を近づけた。

「なにを探しているのですか？　わたしにお手伝いできますか？」

しかし凜怜には聞こえないようだった。必死な形相で床の上をまさぐっている。

「この部屋は凜怜さんの死後、片づけられたんですよ。今はもうなにもありません」

しかし凜怜にとってはその当時のままなのだろう。甜花は鬼霊が生前と同じことを繰り返すのを何度も見たことがある。彼女たちは過去の時間の上に縫い留められた記憶の刺繡のようなものだ。甜花は凜怜の顔をじっと見つめた。

「凜怜さん……それが見つからないと昏岸（こんがん）へ逝けないんですね……」

鬼霊を図書宮から解放するにはそれしかない。

いつのまにか凜怜の姿は消えていた。甜花は書棚から本を選ぶと灯火を持って『紹』の部屋を出た。

三

「おもしろくないぞ！」

陽湖は第九座の居間で、長椅子の上の小座布に顔を埋めながらわめいた。

「甜々は昨日も今日も図書宮に入りびたりではないか！」

「仕方ありません。皇帝陛下の命ですから」

銀流がなだめる様子のないそっけない口調で言った。

「そうだ、私も一緒に図書宮で調べるのはどうだろう？　甜々の手助けをするのだ」

がばっと身を起こして陽湖が嬉々と声をあげる。それに銀流は冷たい目を向けた。

「館の夫人(おくさま)が図書宮に出入りすると大事(おおごと)になってしまいますよ」

「うう」

「陽湖さま。あたくしの子供たちを使って甜花の様子を探らせましょうか？」

白糸が指先に小さな蜘蛛を這わせて言った。

「この子たちなら目立ちませんから」

陽湖は白糸の指先に顔を近づけた。蜘蛛たちは一列に並んでお辞儀をするかのように上下に動く。

「その小蜘蛛が見ているものを私も見られるか？」

「はい、可能ですわ」

「わかった、すぐに甜々のあとを追わせてくれ」

「はい」

白糸は窓を開けると手のひらの上から五匹の小蜘蛛を風に乗せて飛ばした。

「図書宮に着くまで少し時間がかかりますが、甜花を見つけたらすぐに服か髪にとりつきますわ」

「うむ、頼む。くれぐれも甜々に気づかれるなよ」

「はい」

小蜘蛛からキラキラと光る糸がなびく。白糸は川向こうも見通すという視力でそれを追っていた。

甜花はその日、書仕長室にいた。鬼霊の捜し物を見つける手がかりを探すためだ。

「床に本が散らばっていたとおっしゃってましたが、どの棚の本かおわかりになりますか?」

一〇年も前だし、ほとんど期待せずに聞いてみたが、「わかるぞ」と蘇芳が簡単に答える。

「血がついた本があったと言ったじゃろう。そういう本は修繕部に回して染み抜きをしておる。なので修繕部の記録を見ればわかるはずじゃ」

蘇芳は調べた書物名を手に甜花と『絽』の部屋に向かってくれた。小柄だろうと思っていた蘇芳は、実際甜花の肩くらいまでの背丈だった。

「修繕した本は、ほぼこの棚のものじゃったな」

それは鬼霊が這っていた場所の近くにある棚だ。

「そこに『領国異誌(りょうごくいし)』と『差違燕図(さいえんず)』が並んでいるじゃろ?　その二冊が修繕したものじゃ」

蘇芳が挙げた書物名を探すと、目線よりやや上の棚にあった。甜花はかろうじて届くが、蘇芳では椅子を持ってこないと取り出せない。

「ああ、そうか。なるほどな」

腕を伸ばしている甜花を見て、蘇芳がなにに納得したのかうなずいている。

「なんですか？」

「いや、当時は凜怜が死の間際に苦しんで本を摑んで引き抜いたのだと言われていたが、あれもそれほど背は高くない。だからその本を抜き出せるわけはないのじゃ」

「じゃあやっぱり自殺ではなかったのでは」

甜花が言うと蘇芳は三つ編みの先で頰を撫でた。

「うーむ……、しかしからだがぶつかって本が落ちたという可能性もあるしな」

「ぶつかってと言っても……」

本は書棚にぎっしりと入っている。よほど強い力で揺すらなければ落ちはしないだろう。

「きっと別の人がいたんですよ、凜怜さんより背が高い人が」

そう言ったとき、甜花の脳裏に浮かんだのは梓蘭だった。彼女は背が高い。この棚も彼女なら余裕で届くだろう。

（いやいや）

甜花は首を振った。

(思いつきで決めつけちゃいけない。第一梓蘭さんは当時書仕になったばかり、わたしと同年代くらいじゃない。凜怜さんを慕っていたというし、ありえないわ)

「甜花水珂どうした？」

書棚の前で背表紙を睨んだまま動かなくなった甜花に、蘇芳が声をかけた。

「あ、いえ……」

「もしかしてそこに鬼霊がいるのか？　書棚に重なっておるのか？　ああっ、なにも感じないこの身が恨めしいわ！　甜花、鬼霊がいるならいると……」

「いません」

甜花ははしゃぎ出す蘇芳に冷たく言い切った。


その日も『絽』の部屋の床の上をすみずみまで捜したが、ほこりのひとつも見つけられなかった。第一、一〇年前に凜怜が失くしたものが今まで残っているはずがない。

しかし蘇芳に聞いても書物以外なにも落ちていなかったという。

(いったい凜怜さんはなにを捜しているのだろう。手がかりがほしいけど、あれ以来出てきてくれないし)

梓蘭のように書棚の前で祈ってみたが現れない。書仕の祈りでないとだめなのだろうか、と試しに蘇芳に祈ってもらったが、出てきてはくれなかった。

「なかなか難しいものだな」

鬼霊が現れないことを告げると、蘇芳はひどく残念そうな顔をした。甜花は蘇芳と一緒に地上へ上がり、明るい図書の部屋へ戻った。

「なにか借りるものがあるなら借りてゆけ」

「はい、ありがとうございます」

暗い地下から明るい図書宮に戻るとほっとする。甜花は窓から入る日差しに目をパシパシと瞬かせた。

「さて、なにを借りていこうかな」

今日は第九座の住人達から注文は受けていない。自分の好きなものを借りてもいいかな……。

甜花は手を後ろに組んで書棚の間を巡った。

(あ、梓蘭さんだ)

背の高い書仕が両手に本を抱えて棚から棚へ移動している。甜花には届かない位置も彼女なら楽に届いた。

梓蘭は甜花が見ていることに気づいていないようで、別の棚の向こうに姿を消した。

「──甜花ちゃん」

軽く肩を叩かれ甜花は小さく声を上げた。振り向くと星奈が立っている。

「ごめん、驚かせた？」

「は、はい。びっくりしました」

「今日も貸し出し？」

「あ、はい」

星奈には鬼霊の捜し物をしていることは伝えていない。蘇芳からくれぐれも内密にするよう言われていたからだ。

『もしばれたら』

蘇芳はニヤリとしわを深めて笑った。

『星奈はそれこそ鬼霊のように取り憑いて離れなくなるぞ』

そんなふうに言われたら内緒にするしかない。

「甜花ちゃんにお薦めの本があるわよ」

「いやですよ、また怖い本でしょう？」

星奈は目を丸くし、大げさに首を振った。

「怖くない、怖くない。恋愛ものよ。切なくて悲しくて……まあ死ぬけど」

「人が死なない本がいいです」

「この世の本は二種類しかないのよ、甜花ちゃん」

星奈は顔をぐっと近づけて真面目な口調で言った。

「人が死ぬ本か、人が大量に死ぬ本か」

「やめてください！」

なんとか星奈をかわして甜花は歴史書の棚に逃げた。那ノ国の他、周辺国家の歴史を書き記した本だ。

（考えてみれば歴史書なんて登場人物はみんな死んでるわね）

星奈の言ったことを思い出しておかしくなる。

甜花は膝を屈めて書物の背を読んだ。国生みの話を読んでみようと思ったのだ。まだ世界がもやに包まれていた頃、原初の神が現れて、もやをかき集めて国を造った話。さわりは知っているが、きちんと最後まで読んだことはない。


甜花は借りた本を抱いて庭を歩いていた。

早春の森はまだ木の葉も萌えていなかったが、それでもどこか若葉を待つ木々の風情が感じられる。なんとなく木全体が柔らかな印象なのだ。

もうじき桃の花も咲くだろう、桜も杏も咲くだろう。そのときこの広大な庭園がどんな景色になるのか楽しみだった。

甜花は紅天に教わった春の歌を鼻で歌いながら歩いていた。

「……………」

背後で草むらが動く音がして立ち止まった。森にはうさぎや狐もいる。そのたぐいかと思って振り向いたのだが。

「あれ」

なにもいない。いや……。

「どなたですか」

甜花は木の向こうに揺れる長下衣（スカート）の一部を見た。だが呼びかけても反応はなかった。

（あ、そうか）

もしかしたら誰かがここで一休みしていたのかもしれない、だとしたら邪魔をしてはいけないわね。

甜花はそう思い、再び歩き出した。そのとき背後からついてくる足音に気づいた。

（きっとさっきの人だ、後宮に戻るのかな）

なんとなく気になって、甜花は立ち止まって振り向いた。だが姿はない。しかし木の陰に誰かがいるのは気配でわかった。

（へんなの……）

歩き出すとついてくる。止まると向こうも止まり、振り向くと木に隠れる。

（え？　わたしのあとをつけているの？）

走ってみようかと甜花は考える。でも追いかけられてしまうと怖いような気もする。

こういうときは……。

甜花はくるりと反転して、謎の人物が隠れている木立に向かった。

「あのう……なにかご用ですか？」

そう言って木立を回ろうとしたとたん、隠れていた女が出てきた。

「きゃ……っ」

小さく悲鳴をあげたのは、相手が頭から黒い布をかぶっていたからだ。その女は甜花に掴みかかると両手で強く突き飛ばした。

「……っ！」

腕に抱えていた本が宙を飛ぶ。甜花は尻餅をついたが、場所が悪かった。少し小高い場所になっていたので、そのままごろごろと下へ転がり落ちてしまう。

黒い布をかぶった女は自分が突き飛ばしたにもかかわらず、その勢いにうろたえた様子だった。坂の下に倒れた甜花を覗き込んで見ている。やがて、甜花が呻いて起き上がると、長下衣（スカート）を翻しその場から去った。

「甜々が！」

第九座で陽湖が立ち上がった。

「なんだ、あの女は！」

甜花についていた小蜘蛛の目を通して、陽湖は甜花の身に起きた一部始終を見ていたのだ。

「紅天！　すぐに甜々のもとへ飛べ！」

「はいっ」

紅天は両手をぱっと広げると、雲雀（ひばり）の姿に変化した。そのまま窓から飛んでゆく。

「銀流、治療の用意を！　いや、医局へ連れていったほうがよいか？」

「大丈夫ですわ、陽湖さま」

白糸が立ち上がって言った。

「もう甜花は起きあがってます。大きな怪我はなさそう。擦り傷ばかりですわ」

「そ、そうか」

陽湖はほうっと長椅子に腰を下ろした。驚いたせいで、たっぷりした白いふさふさの尾が二本、出てしまっている。陽湖はその尾をからだの前で抱えた。

「それにしても……私の甜々を傷つけおって……誰であろうと捜し出して首をねじ

きってくれる！」

「陽湖さま、お顔が怖いです」

銀流がぴしりと言う。陽湖の顔は怒りのあまり鼻先がとがった狐の面になってしまっている。鋭い牙が何本も大きな口からはみ出し、銀色の髭がぶるぶると震えていた。

「甜々が戻る前に直してください。怖がらせたくはないでしょう」

「くっそぉおおおっ！」

陽湖は両手で顔を押さえた。


「……いったぁ……っ」

両足の間から空を仰ぐというみっともない姿で甜花は呻いた。

「なんだったの……」

体中が痛い。下草の生えていない場所だったので枯れ枝や石で手足を擦りむいたらしい。

「あっ！　本！」

甜花は焦って周りを見回した。二冊の本がそれぞれあっちこっちへと放り出されている。立ち上がろうとすると、左足がずきりと痛んだ。

「痛い……もう……っ！」

涙がにじむ。痛みより突き飛ばされたという衝撃が強い。こんなに明確な悪意にさらされたのは子供の頃、鬼霊が視える鬼子だと石を投げつけられたとき以来だ。

目をごしごしとこすって甜花はゆっくり立ち上がった。本を拾いあげ、傷んでいないか確認する。

「よかった、どこも破れてない」

パラパラと中をめくると枯れ葉が挟まっていることに気づいた。落ちたときに入り込んだのかもしれない。それを取り除こうとして、甜花の指が止まる。

「……もしかして……」

「甜々！」

声をかけられ顔を上げると紅天が走ってこちらに向かってくるのが見えた。

「大丈夫!?」

「紅天さん、どうしてここに」

紅天は大きく息を弾ませ甜花の姿を頭からつま先まで見た。

「森に遊びにきてたんだよ、そしたら悲鳴が聞こえたから——ああ、ひどいねえ」

紅天は甜花の服の汚れを払った。枯れ葉や泥がついて泥だらけになっている。

「痛いところはない？　甜々」

「足がちょっとだけ」

「誰か逃げていったのが見えたよ。襲われたのかい？」

「そうなんです。急に突き飛ばされたんです」

再び涙がこみあげ、甜花は洟をすすりあげた。

「相手は誰だった？」

「わからないんです、黒い布をかぶってたから」

「かわいそうに。でも大きな怪我がなくてよかった」

紅天は腕を伸ばして甜花の頭を撫でる。

「さあ、帰ろう」

「はい……」

歩き出そうとしたとき、地面に一枚の紙が落ちていることに気づいた。きれいな白い紙だったので、前からあったわけではない。

拾い上げて甜花は再び大きな衝撃を受けた。

『図書宮に来るな』

それには墨でそう書かれていた。

「これって……」

　甜花は紅天に紙を見せた。紅天は内容にちらっと目を落とすと、「ごめん。紅天は文字が読めないんだ」と申し訳なさそうに言った。

「それは陽湖さまにお見せしよう。今日のことも相談しなきゃ」

「あ、あのっ」

　甜花は急いで紅天の手を取った。

「お願いです、このことは陽湖さまに内緒にして」

「え？　ど、どうして？」

「陽湖さまに心配かけたら、図書宮に行くのを禁止されるかもしれないもの」

「そりゃあそうだよ」

「でもわたし、図書宮の鬼霊のこと知りたいの。捜し物を見つけたいんです」

「……ごめん。紅天は陽湖さまに嘘はつけないよ……」

　紅天は身をすくめた。

「それにきっともうご存じだし」

「え？」

「いや、なんでもない。紅天はなにも言わないよ、甜々が報告すればいいよ」

「……はい」

　紅天は甜花の本を持ってくれた。甜花は『図書宮に来るな』と書かれた紙を四つに折り、懐にしまった。


「図書宮へはもう行くな」

第九座へ戻ったとたん、甜花は陽湖にそう言われた。

「え、な、なぜですか？」

「その姿はなんだ」

甜花は泥だらけの自分の服を見下ろした。あわてて はたいても取れはしない。

「あの、これは庭で転んでしまって……」

「ただ転んだだけで前も背中も汚れるはずないだろう。どこからか転げ落ちたのではないのか」

図星だ、と甜花はうなだれた。まるで見ていたように言われるのが怖いくらいだ。

「でもこれは図書宮とは関係ないんです」

「本当か？　図書宮で危険な目に遭わなかったか？」

「いえ、そんなことは」

「………」

陽湖はなにか言いかけるように赤い唇を開けたが、やがて閉じてしまった。

「正直に話せ。庭でなにがあったのだ」

「……はい」

やはり陽湖に嘘をつくことはできなかった。翡翠色の瞳に自分を案じる感情を見て、申し訳なくなってしまう。

「知らない人に突き飛ばされました」

そう言って四つ折りにした紙を渡す。陽湖はそれに目を走らせると銀流に渡した。

「やはり図書宮にはもう行ってはならん」

「で、でも、図書宮の鬼霊のことは陛下のご命令です」

「陛下には私から話しておく」

陽湖は話はそれだけだと言わんばかりに背を向けてしまった。

「陽湖さま！」

甜花は陽湖の足元に膝をついた。

「お願いです！　もう少しだけ、もう少しだけ調べさせてください」

「だめだ、おまえを危険な目に遭わせるわけにはいかん」

「思いついたことがあるんです！　明日だけ！　明日一日だけ猶予をください。それで終わりにしますから」

甜花は床に流れる陽湖の衣の裾を手に取った。

「お願いです、陽湖さま！」

「うう」

陽湖は片手で顔を押さえた。うつむいている甜花は気づかなかったが手の下で陽湖の顔が獣に変化しようとしている。それを必死に抑えているのだ。

「わ、わかった」

陽湖は甜花に背を向けたまま答えた。

「明日一日だけだぞ！　それでわからなければ図書宮の鬼霊のことは忘れろ、いいな」

「はい、ありがとうございます、陽湖さま！」

その様子を見ていた你亜と白糸が軽くため息をつく。

「ほんとに陽湖さまは甜々に甘いにゃあ」

「まったくですわ。やってられませんわね」

陽湖がじろっと二人を見て、すくみあがらせる。紅天は甜花の背に腕を回した。

「よかったね、甜々」

「はい……！」

「でも思いついたことって？」

甜花は顔を上げ、紅天を見つめてにっこり笑った。

「これですよ」

見せたのは図書宮から借りてきた本だ。庭で落としたときに頁の間に挟まれた木の葉を見せる。

「これ？」

「はい。明日必ず見つけてみせます！」

甜花は力強くうなずいた。


翌日、朝早くから甜花は図書宮へ出向いた。門番と受付に挨拶をする。

「おはよう、甜花さん、今日も『紹』の部屋？」

いつもの書仕が挨拶してくれた。

「はい。夫人がどうしても『紹』の部屋の本をご所望で」

「わかりました。では鍵を持ってきますね」

受付の書仕はそう言って鍵束を持ってきてくれた。

「同行する書仕は星奈でいいかしら」

「あ、あの、できれば一人でお部屋に入りたいんですが、だめですか？」

受付の書仕が首をかしげる。

「なぜですか？　地下の書庫に入るには必ず書仕が同行する決まりですよ」

「そ、それは知っているんですけど」

今日こそはどうしても鬼霊の——凜怜の捜し物を見つけるつもりだ。どんなものが出てくるかはわからないが、他の書仕がいないほうがいいような気がする。

「書仕が同行しないのなら『紹』の部屋には入ることはできません」

「はい……」

「——書仕の代わりに皇ではだめか？」

受付の書仕の背後に立つものがいた。甜花も書仕も驚いて声を失う。

「へ、陛下……！」

書仕はあわてて両手を組んで上に上げた。

「お出ましとは存じ上げませんでした。申し訳ありません」

「図書宮は先触れをしなくてもよい唯一の場所だからな」

皇宮と後宮の間にある図書宮には皇宮の人間も自由に入ることができる。後宮の人間が男性の姿を見ることができるまれな場所だ。

「皇も『紹』の部屋の本が見たい。そこの下働きと一緒に部屋に入る許可を求める」

「許可などと……。図書宮は陛下の書庫でございますので、ご自由にどうぞ」

書仕は両手で鍵を捧げ持った。その鍵を手にした璃英は、甜花に向かって片目をつぶってみせた。


「陛下がおいでになっているなんて」

灯籠を下げて一緒に薄暗い地下へ下りながら甜花が囁く。

「昨日のうちに陽湖どのから文をもらっていた。おまえが襲われたことも聞いている」

「襲われたなんてほどのことでは……」

うろたえて言う甜花の声に璃英は言葉をかぶせた。

「突き飛ばされたうえに図書宮に来るなという脅迫文まであったのだろう？　襲われたと言っていい」

少し強い言いようだった。甜花はもごもごと口ごもる。

「なぜそんな無理をする」

「だって……図書宮のことですし」

甜花の言葉に璃英は足を止め、灯籠を顔の前に掲げた。

「図書宮がおまえにとって大切なのは……兄のせいか？」

璃英の言葉に甜花は弾かれたように顔を上げた。灯りが自分の顔を照らしてその眩しさに目を細める。

「なぜ、瑠昴(ルコウ)さまが出てくるんです」

「おまえは兄上と図書宮でその……誓いをしたのだろう？」

「そ、」

かっと顔が熱くなる。子供の頃の思い出、初恋の記憶。甜花にとって大切な約束の場所。

「そんな、そんなんじゃ、ありません！」

「図書宮の書仕になりたいのも兄上との思い出のある場所だからじゃないのか」

ぐっと胸がつまった。せりあげるようなこの気持ち。秘密の花園を覗かれたような気恥ずかしさに甜花は震えた。

「る……、瑠昴さまのことは大事な思い出です、でも書仕になるのは純粋にわたしの夢で」

「夢の一部に兄上が関わっていないとでも？」

「それは――」

そうなのだろうか？　瑠昴との思い出の場所にいたいという気持ちからわたしは書仕に？

「だとしても……陛下には関係ありません」

甜花は小さな声で呟いた。瑠昴とのことは他の誰にも、彼の弟君である璃英にだって口に出して言われたくはない。

「関係ないか」

璃英はむすりと口をつぐんだ。二人はしばらく無言で地下の廊下を進む。

璃英が不機嫌になったので甜花は気まずい。いくらなんでも皇帝陛下に関係ないなど不敬だったかもしれない……。

「――それで今日は鬼霊の捜し物を見つけるあてがあるのか？」

不意に璃英が声をあげた。不機嫌さを払拭した平静な声だ。甜花はほっとした。

「は、はい。もしかしたら、なんですけど」

ちらりと窺ったが、薄暗い廊下では璃英の表情はよくわからなかった。

「……ここか」

璃英は『絽』の部屋の鍵を開けた。

「この部屋には入ったことがなかったな」

手にした灯籠を棚の上に置く。

「さて、どこを捜す？」

「この書棚です」

甜花は灯籠と向かい合わせの書棚を見上げた。

「書棚？　鬼霊は床の上を捜していたのだろう？」

「はい。でも凜怜さんは見つけることができませんでした」

甜花はつま先立って自分の目線より上の本を手に取ろうとした。それを璃英がやすやすと取り出してくれる。

「ありがとうございます。ついでにその棚の本を全部出していただけませんか？」

「人使いが荒い」

そう言いながらも璃英は次々と本を下ろした。甜花は床にしゃがみこみ、灯籠の光の中で本をめくる。

一冊二冊と本が傍らに積み上げられていった。

「床になかったのは本に挟まったからだと思うんです」

甜花はめくりながら言った。

「探し方を見ていたら小さなものだと思いました。そんな小さなものなら本に挟まったら焦っていれば気づかないかもしれません。この部屋の本は滅多に借り出されませんし、修繕の必要がないものなら書仕も手に取らないかも」

「なるほど。こんな時が止まったような場所なら、一〇年くらいあっという間か」

上のほうの本を全部下ろした璃英は甜花と一緒にしゃがんで本をめくりだした。

「しおりや紙や紙幣など……薄いものかもしれんな」

「はい。凜怜さんが自分の命より優先しなければならなかったものです」

「いったいそれは……」

本をめくっていた璃英がふと動きを止めた。

「これはなんだ？」

「えっ！」

甜花は璃英のめくった頁を見た。そこには薄く小さな紙が一枚、挟まっている。

「これって……」

璃英は灯籠を手にしてその紙を照らした。その紙に書きつけてある文字、そして張り付けられているもの。

「――これです」

甜花の目にみるみるうちに涙が浮かんだ。その文字を読み、それを見て、甜花にはわかった。凜怜が命より大切にしたもの、この部屋に鍵をかけなければならなかった理由。そのすべてが。

「凜怜さん……！」

泣き出した甜花を璃英はとまどった顔で見ていたが、やがてそっと肩に腕を回し抱き寄せた。甜花は璃英の胸に頭を預け、しゃくりあげていた。

四

地下の通路に長い影と短い影がゆらゆらと蠢く。ガラス器の手燭の光に映し出されるのは書仕長の蘇芳と、修繕士の梓蘭の姿だった。

「いや、すまぬな梓蘭。つきあってもろうて」

「いえ、書仕長のお手伝いができるなんて光栄です。『漢公私記』という本を探せばいいのですね」

「そうじゃ。『紹』の部屋に置くべき本ではなかったのだがなぜか紛れ込んでいるようでな。探したのじゃが見つからなくて」

「私も何度か『紹』の部屋には入りましたが見かけた記憶はないですね」

『紹』の部屋について扉に手をかけた梓蘭は眉をひそめた。

「鍵が開いています」

「そうか、他に誰か来ているのかもしれんな」

部屋に入ると書棚を背に甜花が立っていた。

「こんにちは、梓蘭さん」

甜花は丁寧にお辞儀をした。

「書仕長さまもご足労いただきましてありがとうございます」

「甜花さん？」

　梓蘭はひそめた眉間のしわをさらに深くした。

「なぜここへ。それに一人で入ってはいけませんよ」

「すまない、皇が入らせた」

　書棚の陰から低い声がして、現れたのは若い男性だった。梓蘭もさすがにいつもの無表情が崩れる。

「へ、陛下！」

　梓蘭は床に膝をつき、両手を組んで顔の前に上げた。

「これはいったい」

「すまんな、梓蘭。騙したことになってしまった」

　蘇芳は扉の前に立ったまま鍵を閉めた。

「書仕長……」

　うろたえを顔に乗せていた梓蘭だったが、自分を見つめている甜花の目を見ると、すうっとすべての表情を消した。

「これは――甜花さんが説明してくれるんですか？」

「はい」

甜花は書棚から一歩離れた。

「梓蘭さん、一〇年前ここで書仕が一人亡くなったことはご存じですね」

「当たり前です。私の師匠の凜怜さんです」

「彼女の死は自殺として記録されましたが、誰かに殺されたという噂が絶えませんでした。梓蘭さんはどう思われますか」

ふっと梓蘭は鼻から息を吐き、当然のことのように言った。

「それは——自殺でしょう？」

「なぜですか」

「扉の内側から鍵がかかっていたからです。外からかけられていても、凜怜さんは鍵を持っていたのですから開けられたはずです」

「でも彼女を殺したと思われる錐、それが二本あったんです……錐は修繕部の人がみんな持っている工具帯に入っているものですよね」

甜花は蘇芳に目を向けると、書仕長はうなずいた。

「凜怜の錐はちゃんと本人の工具帯に差し込まれておった」

「そんなの……予備の錐だってあるじゃない」

梓蘭は蘇芳と甜花を交互に見ながら言った。

「……わたし、最初凜怜さんは自分を刺した錐を捜しているんだと思ってました」

「え？」

不意に口調が変わった甜花に、梓蘭はとまどった声をあげた。

「小さなものを一生懸命捜しているんだと。でも何度か視ているうちにもっと小さなものだとわかりました。凜怜さんはそれをどうしても見つけて処分しなければならなかった」

「な、なにを言ってるの、甜花さん」

「わたしが最初にそれを視たのは今月の七日です。その日わたしは星奈さんにお願いして内緒でこの部屋に入っていました。そこに梓蘭さんがいらっしゃいました」

「七日……」

梓蘭は眉をひそめる。頭の中ですばやく暦をめくっているようだ。

「わたしと星奈さんは書棚に隠れました。するとあなたはこの書棚の前で祈っていらした。あとで書仕長さまに、あなたは凜怜さんのお弟子さんだったので、亡くなった師匠に祈りを捧げているのだろうと教えていただきました。その祈りのときです、凜怜さんが現れたのは」

「ええっ！」

梓蘭は大きな声を出し、一歩飛び退いた。

「この床の上に這って凜怜さんはなにかを捜していました。すぐに姿は消えましたが」

「……う、うそよ、なにをばかな」

梓蘭の視線は床の上を忙しく動き回る。

「次に見たのは九日です、あなたにこの部屋に連れてきてもらったとき。あのときもあなたは祈ってらした」

「そ、そんなことしてない！」

「だとしたら無意識だったのかもしれませんね。あなたはここへ来れば凜怜さんのことを考えずにはいられないから」

梓蘭はじりじりと扉に近づいたが、その前には蘇芳がいる。小さな老女は胸の前で腕を組んで書仕を見ていた。

「そのときは凜怜さんはもう少し長い時間いてくれたので、わたしは彼女をよく視ることができました。凜怜さんは胸から血を流しながら床の上を捜していました」

甜花は床を指で差した。しかし今はなにも見えない。

「凜怜さんがなにをそんなに必死に捜していたのか、……梓蘭さんはうすうすわかっているのではないですか？」

甜花は振り向いて皇帝から一冊の本を受け取った。

「これをわたしと陛下が見つけました」

開いた紙面の間に一枚の紙が挟んであった。それを見た梓蘭の顔色が変わる。

「そ、それ」

「はい。これは梓蘭さんの……へその緒ですね」

その紙には『母　凜怜』『娘　梓蘭』と書き付けられ、年号と月日、そしてへその緒が貼られていた。

「甜花水珂に言われて吾輩、調べさせてもらった」

蘇芳がごほんと空咳し、しわがれた声を出した。

「二五年前、凜怜が長期休暇をとって実家に戻った。そのとき彼女はやはり子供を産んでおったのじゃ。事情があってその子を自分の子として育てることはできなかったらしい。じゃから凜怜は書仕として働いた金と、名前を与えてその子を――おまえを里子に出した」

蘇芳はちらりと怯えた顔の梓蘭を見上げる。

「おまえは里親のもとで育ち、一三で後宮に入った。そこで凜怜に会ったのじゃろう。凜怜の名におまえは驚いたことじゃろう……凜怜もおまえの名を見てもしやと思ったかもしれん」

甜花は本から紙を摘まみあげて言った。

「この書き付けは別れる子供へのお守りです。守り神、間々天(ママテン)さまの絵も入っています。だからこれは梓蘭さんが持っていたものですね」

「……それは……」

「ここでなにがあったのかは詳しくはわかりません。わかっているのは凜怜さんが胸を刺された。そしてこのお守りが落ちていた。お守りを持っていたのはあなた……」

「だ、だから私が殺したというの!? 私が凜怜さんを刺して鍵をかけたと！」

梓蘭は悲鳴をあげるように叫んだ。

「いいえ、やはり凜怜さんは自分で鍵をかけたんです、あなたを守るために」

「わ、私を？」

「ここにあなたのお守りが落ちていれば誰だってあなたが犯人だと思うでしょう。凜怜さんはそうさせないために鍵を自分で閉めたんです。自殺に見せようと」

「……うそ」

「そしてこのお守りを処分しようとした。それで血が出ているのに床を捜していたんです。お守りが書物の中に入ってしまったことも気づかずに！ 全部、あなたを罪から守るため！」

「う、うそだ！」

梓蘭は耳を押さえて首を振った。

「あいつが私を守るためなんて嘘だ！ あいつは書物さえあればいいんだ、書物と心中したかっただけだ！」

里子に出された先で梓蘭は子供としての愛情を受けなかった。いじめられたり飢えたりはしなかったが里親は彼女に関心を持たなかったのだ。彼らは凜怜からの送金を受け取るためだけに梓蘭を養っていた。

ほとんど声をかけられることも、笑いかけられることもなく、梓蘭は孤独な少女時代を過ごした。

そんな生活の中で唯一の救いは近所に住んでいた手習い塾の教師との交流だった。教師は梓蘭に文字を教え、書物を読むことを教えた。それは梓蘭の目を大きく開かせてくれた。

孤独を埋めるように梓蘭は書物にのめり込み、やがて後宮に図書宮があることを知り、自ら後宮勤めを志願した。

そして下働きとして過ごしながら図書宮で猛勉強して試験を受け、そこで本当に偶然、凜怜に出会って……。

あのとき――『絽』の部屋で凜怜は一人で修繕すべき本を整理していた。梓蘭は彼女のあとを追ってこっそり部屋に入り、守り紙を手に凜怜に真実を迫った。師としても慕っていた。母だったらどんなにいいかと夢みた。名を呼んで、優しく抱きしめてくれるのではないかと期待した。なのに。

『私には娘はいません、私の子供はこの本たちです』

凜怜の声はあまりにも冷たかった。壁のような拒絶に梓蘭はからだが震えるような絶望を味わった。

『そんなことを言いふらされたら迷惑です。あなたはすぐに図書宮をやめなさい』

その言葉は打ちのめされていた梓蘭の感情に火をつけた。それは怒りだ。

『あんたは……っ！　勝手に産んで勝手に捨てて、あたしがどんな思いをしてきたか……っ！』

自分でもなにをしているのか分からなかった。大切な本を、凜怜が子供だと呼んだ本を書棚から引き出し、床に投げ捨てていた。

『やめなさい』とうろたえるあの女をもっと困らせたくて本棚を揺すっていたら頬を叩かれた。それからもみ合いになって私の工具帯が外れて床に工具が散らばって、そこに突き飛ばされた凜怜のからだが……。

「あああっ！」

梓蘭は頭を抱えてうずくまった。

「そんなつもりじゃなかった！　殺すつもりなんてなかった！」

凜怜は散らばった工具を集めて梓蘭に渡した。

『出ておいき……！』

強い口調でそう言った。

『ここは私の大切な書庫、私の愛する子供たちの部屋！　おまえなんかがいていい場所じゃない！』

そう言って追い出されて……そのまま怖くてあとも見ずに逃げて……そして凜怜が『紹』の部屋で鍵をかけて死んだと知って——。

（ああ、あの女は最後まで本と一緒にいることを選んだんだ）

そう思った。

「違います……」

甜花は囁いた。

「人が死ぬときはつらく苦しいものです。でも凜怜さんの表情は怒りでも死への恐怖でもなく、ただ悲しく切なく、そして必死なものでした。そう、——今のように」

甜花は床の上に目を向けた。それを聞いて蘇芳が飛び上がる。

「て、甜花水珂！　もしかして今、視えているのか、凜怜が！　そこに鬼霊がいるのか？　確かに少し肌寒いが、これが鬼霊の出現なのか！」

興奮して叫ぶ蘇芳に璃英が「書仕長どの」と声をかける。

「お静かに」

そう言って人さし指を口に当てた。蘇芳はたちまちしおしおと元気をなくす。

「凜怜さんが……そこに……？」

梓蘭は限界まで目を見開いて床を見つめる。だが彼女にはなにも見えない。

「甜花、梓蘭に凜怜の姿を見せてやれ」

璃英が甜花の肩を背後から抱いて囁いた。

「わたしにはそんな真似は……」

「梓蘭の手を取ってみろ」

璃英に言われて甜花は梓蘭に近づいた。梓蘭は呆然と甜花を見ている。

「できるかどうかわかりませんが」

そう言って甜花は梓蘭の手をそっと取った。

「視えますか……？」

梓蘭の唇が震える。彼女の目にも映った、薄い影のような凜怜の姿が。

「凜怜……さん」

凜怜は青い顔で胸の傷を押さえながら床を這っている。その唇がぶつぶつとなにか呟いていた。

(梓蘭……梓蘭……)

凜怜の声が聞こえた。悲しく呼ぶ声だった。

(ごめんね、ごめんね梓蘭……つらい思いさせて……ずっと悲しい思いさせて……)

凜怜の目からぽろぽろぽろと涙がこぼれる。それは床に落ちる前にふっと消えていった。

（ごめんなさい、梓蘭……許して。私はあなたを我が子と認めることができなかった。私が子供を産んだことを知られるとあなたの命が危ういから……。あなたは……幸徳さまとの子供……）

「幸徳！」

璃英と蘇芳が同時に唸る。幸徳は那ノ国、左大臣の名だ。

（産んではならないと言われていた。あなたの存在が知れると殺されるかもしれない……だからどうしても秘密にしないと……）

ううっと凜怜が呻く。唇を噛みしめからだを震わせる。

（悲しい目をしたあなたを抱きしめたかった……梓蘭、梓蘭……梓蘭……わたしのかわいい梓蘭……もっと修繕の仕事を教えたかった、一緒にいたかった……）

凜怜ははっとしたように床の上を見る。

（でも隠さないと……守り紙を隠さないとあなたが……）

「お、……かあ、さん……！」

梓蘭は甜花の手をつかんだま床に膝をついて梓蘭に触れようとした。だがその手は空を切る。

「おかあさん！　もう捜さなくていい、守り紙はここにある！　ここにあるんだよ！」

梓蘭が凜怜の顔の前に紙を差し出すと、ようやく凜怜は顔を上げた。

（梓蘭……）

「おかあさん！」

凜怜の目から涙が溢れた。

（ごめんね、梓蘭。あのときもちゃんと抱いてあげればよかった。あなたを子供だと認めてあげればよかった）

「おかあさん……！」

（私はあなたをつらい目にばかり遭わせている……）

「違う、違う！」

梓蘭は腰の工具帯に手を触れさせた。

「見て！　私、書仕を続けているの。修繕士よ。今ではおかあさんと同じくらい上手になったと言われているよ！」

凜怜の透明な手が梓蘭の頬の涙をぬぐおうとする。だがそれは空しく通り過ぎるだけだ。

「最初の師匠が……おかあさんが基礎を教えてくれたからだよ……」

その手がふっと消えた。微笑みだけが空気の中に残っているような、そんな気がした。

「おかあさん！　ごめんなさい、おかあさん！」

梓蘭は甜花の手を離し、床につっぷして泣いた。

甜花も蘇芳も涙を零した。璃英だけは天井を仰いで熱いものがこぼれ落ちるのを耐えていた。

終

梓蘭の罪は不問に付したいと書仕長である蘇芳は皇帝璃英に願い出た。それが凜怜の願いでもあるのだから、と。

璃英はのちほど沙汰を下すと言い、梓蘭を退出させた。

「それにしても鬼霊がそこにいるとわかっていたのに視ることができなかったのは残念じゃわい……吾輩も甜花水珂に手を取ってもらえれば凜怜に会えたのかの？」

蘇芳は心底残念そうに言う。

「それはどうでしょう。わたしも初めてのことで……。凜怜さんと梓蘭さんは実の親子でしたし、互いに強い思いがありましたから実現したことかもしれません」

「そうかのう……じゃが、いつかは吾輩の願いを叶えてくれよ、甜花水珂」

そう力強く言われ手を握られても甜花は曖昧な笑みしか浮かべられない。

「では書仕長どの、のちほど」

璃英は甜花の肩に手をかけ、くどくどとくどいている蘇芳から甜花を救い出してくれた。

「ありがとうございます、璃英さま」

「いや、皇も視えぬものたちから鬼霊を視せろと言われて困ったことがあったからな」

　甜花は璃英と一緒に図書宮をあとにして、庭へ歩き出した。

「璃英さまはああすれば他の人に鬼霊を視せることができるとご存じだったんですか？」

「まれに成功することはあったが、たいていはだめだったな」

　璃英はあっさり答える。

「今回は親子だったからいけるかもしれんと思っただけで、確信はなかった」

「無責任ですね！」

　甜花は驚いて言った。もし鬼霊の姿を視せられなかったら、自分の話だけでは梓蘭を納得させられなかっただろう。

「終わり良ければすべて良しだろう」

「いきあたりばったりって言うんです」

　実は甜花は『紹』の部屋で守り紙を見つけたとき、璃英にこの件はもう終わりにしたほうがいいのではないか、と言ってみた。

『この守り紙のこともわたしと陛下の胸にとどめておいて……』

『捜し物が見つからないと鬼霊は成仏できないのではないのか？』

『凜怜さんは真相が暴かれるのを望んでいないと思います』

『だが梓蘭は今でもこの部屋に来ると凜怜を思い、後悔に祈りを捧げているのだろう？』

『はい……』

『鬼霊を憐れむのもおまえの優しさだと思うが、生きている人間の苦しみを癒やすこと、生者の力になるほうが、おまえの能力を活かせる道だと思うがな』

　璃英がそう言ってくれたので今回の顚末を話すことにしたのだが。

　甜花はふうっと息を吐いて、立ち止まった。

「どうした、疲れたのか？」

「いえ……」

　春の予感が満ちている森の木々から、甜花は青空に目を上げた。

「梓蘭さんがうらやましいなって」

「うらやましい？」

　甜花は両手でひさしを作り、眩しい日差しに目を細めた。

「あんなにおかあさんに愛されて……。何年も離れていたのに凜怜さんは梓蘭さんのために命をかけるなんて」

ゆっくりと首を巡らせて璃英を見つめる。

「母親ってみんなそうなんでしょうか？」

璃英は甜花を見つめ返したが、すぐに視線をそらした。

「皇の母は……皇が幼い頃亡くなったからな、よく覚えていない。だが抱いてもらった記憶はあるな。――優しい手だった」

去年の秋、紅駁病の感染を止めるために現れた皇帝の母親の霊も、顔は曖昧だった。伸ばされた手は白く美しかったが、実際は全身赤くただれていたことだろう。

「わたしも再会することがあるんでしょうか？　でも母がわたしを山に捨てたかもしれないんですよね。だとしたら、会いたいと考えることも迷惑なのかもしれない」

甜花の口調に自嘲がまじる。いつも明るく素直な彼女の言葉の中に混じる毒に、璃英は眉をひそめた。

「なにか事情があったのだろう」

「赤ん坊を山に置き去りにするんですよ!?　いらない子供だという以外になにがあるんですか」

「全部推測だろう。おまえがなぜ山にいたのか？　という事情は誰にもわからない。

わからないことは考えなくてもいい」

「……だって」

「それに、」

璃英は気づいて顔を上げた。その顔に笑みが浮かぶ。

「おまえにはおまえを大切に思ってくれるものがいるではないか」

甜花は璃英が見ているものに視線を向けた。その目が大きく見開かれる。

「甜々――」

庭園の森の中に陽湖が立っていた。その後ろに銀流が、你亜が、白糸が、紅天が駆けてくる。

「陽湖さま、みんな――」

「甜々ー！」

陽湖が裾をからげて白い足を出して走ってきた。

「甜々！　どうした！」

陽湖は甜花を抱きしめ、その顔を両手で上げさせた。甜花の目から大粒の涙がこぼれる。

「図書宮でなにかあったのか、陛下にいじめられたのか!?　おのれ！」

甜花を抱きしめたまま陽湖が璃英に食いつきそうな怖い顔をする。

「いいえ、いいえ」

甜花は陽湖の柔らかな胸に顔を擦りつけた。

「陽湖さまが、みんなが迎えに来てくれたから嬉しくて」

「嬉しい?」

「嬉しくて、涙が」

そうだ、死者より生者のためにと璃英も言っていた。共に生きるものたちがそばにいて、愛してくれるなら。

甜花は顔を上げて璃英に向かって笑った。

「……そうですね、わたしにはこんなに素敵な方々がいるんです」

「ああ、皇はうらやましいくらいだ」

すねたような璃英の言葉に甜花は泣き笑いの顔で応えた。

「甜々。今回のこと、一人でよく解決したな。さすが私の甜々だ」

ぎゅっと抱きしめられ頭を撫でられる。この感覚、懐かしい。

(きっとおかあさんに褒められるってこういう気持ちなんだわ)

嬉しくてくすぐったくて照れくさくて誇らしくて。

見も知らない肉親より、抱きしめてくれる腕を愛そう。見つめてくれる瞳を見つめよう。

甜花はそう心に決め、もう一度だけ、と陽湖のからだにしがみついた。

その後、甜花は図書宮の書仕長から梓蘭の処分を聞いた。

事故とはいえ凜怜を傷つけたこと、そのまま放置したこと、今まで誰にも言わなかったこと、そして甜花を脅迫したこと。罪はいくつもある。

甜花への脅迫は、やはり甜花が『紹』の部屋や凜怜の死を調べていることを不気味に思い、図書宮へ来させないようにしたかったのだという。しかしほんの少し脅すつもりが、甜花が坂から落ちあやうく大怪我をするところだったことを詫びていたそうだ。

梓蘭に下された罰は那ノ国の犯罪者が収監されている刑務房の図書室への移管。

書仕長の願いも考慮した上の、刑吏の判断だ。

「ありがとうございます」

梓蘭は涙を浮かべてその処罰を受け入れた。

「書物から離れずにいられるなんて……感謝しかありません」と。

自分より本を選んだと母と本を憎んだ梓蘭は、しかしそのあとも図書宮をやめることなく修繕士の腕を磨いた。今も本から離れずにいられることに感謝している。

梓蘭は凜怜から名前と技術だけではなく、本を愛する血もまた受け継いだのだ。

大図書宮は皇宮と後宮の境にある。多くの人の叡智と記憶、思いを永々と伝えるために。

第二話　甜花、桃の夢を見る

序

昔々、まだ人間がこの地にいなかった頃のお話です。

もやをかきまぜ空と大地をつくりはじめられた神様は、そのあと次々と神様をお生みになりました。

空の神、風の神、太陽の神、月の神、大地の神、海の神、冥府の神。これが黎明の神様たちです。

黎明の神様たちはそれぞれがまた小さな神様を生みました。

空の神は天気と運命を司る神を、風の神は季節と音楽を司る神を、太陽の神は恵みの神を、月の神は夜と眠りを司る神を、大地の神は木や花や動物たちを司る神を、海の神は潮の満ち引きと魚を司る神を。

そして冥府の神は死を司ります。冥府の神は生きとし生けるものに平等に死を与えるため、死に至るさまざまな神を生み出しました。病や怪我、災いなどです。それらはのちに人間が「魔」と名付けました。

ある日、木の神様が子供と一緒にお休みになっていますと、そこへ病の小鬼がやってきました。病の小鬼は木の神様の子供を頭からかじりました。

木の神様は目覚めて子供が冥府につれていかれたことを知り悲しみました。

それで次に眠るときは、他の子供の代わりに桃の実を用意してそばに置いておくことにしました。

翌日再び病の小鬼がやってきました。小鬼は桃をかじりましたが、それは小鬼には固くて投げ捨ててしまいました。

さらに翌日、もう一度小鬼がやってきました。すると桃から桃の男の子が生まれました。神様はまた別の桃を置いておきました。

小鬼のおなかに入った桃から桃の女の子が生まれました。ところが今度は桃が熟していたので、小鬼はごくんと一飲みにしてしまいました。女の子はおなかの中で暴れたので、小鬼はおなかが痛くて逃げ出してしまいました。

それきり小鬼は戻ってきませんでした。

桃の女の子も戻ってきません。

そこで桃の男の子は木の神様にお願いしました。

「同じ桃から生まれたからには私たちは兄妹です。妹を捜す旅に行かせてください」

神様はもっともだと思い、兄に妹を捜す旅を許しました。

それ以来、神様の子供の身代わりになってくれた熟していない桃の実は病除けに使われるようになりました。魔除けに桃の花を飾るのは、そこに桃の実がなることを知らせるためです。

一

然森(ゼンシン)公園の桃の花がいっせいに開いた。あたり一面ふわふわとしたかわいらしい花でつつまれている。

濃い紅、薄い紅の雲がたなびいているさまは、極楽のようだった。このあとは桜、杏と花が続いていくのだろう。

甜花は親友の明鈴(メイリン)と一緒に桃花の下を歩いていた。

明鈴と共に桃の花びらを集めるという仕事を言いつけられたのだが、実際は仕事という名目の花見だ。

館付きの甜花と違って後宮全体の下働きである明鈴は、朝から晩まで用事を言いつけられ休む暇もない。

そのことに胸を痛めていた甜花に、見通していたかのように陽湖が花びら集めを申しつけた。

二人はかごを提げて花びらの降る中を歩いた。

「ほんとうに素敵ねえ」

明鈴は薄紅の雲の間から見える青空に目を細めて言った。

「うん、きれい！」

　答えた甜花に明鈴は朗らかに笑う。

「違うわ、あたしが素敵と言ったのは陽湖さまよ」

「陽湖さま？」

「こんなお仕事をくださって、あたしと甜々が一緒におしゃべりできる時間を作ってくださるなんて……」

「そうよね！　陽湖さま素敵ねえ！」

「あたしもいつか使用人を持つようになったら、こんなふうにお休みの日を作るようにするわ。だいたい使用人は働きすぎよね、年に一度里帰りするだけが休みなんて少なすぎるわ。あたしなら月に一度……いいえ、一〇日に一度くらいはお休みさせてあげる！」

　明鈴は首都斉安の大きな商家の娘だ。行儀見習い、花嫁修業として後宮に勤めている。

「一〇日に一度の休みじゃおうちが困るんじゃないの？」

「あら、一〇日に一度くらいあたしが掃除も料理もするわよ、なんのための後宮勤めよ。あたし、入ったときに比べたら掃除も洗濯もずいぶん上達したわよ」

　最初に布の血がとれないと川で泣きながら洗濯していたとは思えないなあ、と甜花は微笑んだ。

「小鈴（シャオリン）はいい主人になるわね。きっと雇ってほしいという人が詰めかけるわよ」

「でしょ？　それにやる気も出ると思うのよ。いやいや掃除されるより、お休みがあってもがんばって掃除してもらったほうがきれいになると思わない？」

「思う思う！」

明鈴は後宮を出たらああしたいこうしたいといろいろと話す。そんなにしたいことがあるのかと甜花は驚くばかりだ。

甜花と明鈴は地面にしゃがんで落ちているきれいな桃の花びらをかごに入れていった。これを洗って乾かして、桃の花びら枕を作る。那ノ国ではそうするといい夢が見られるという話が伝わっていた。

「ねえ、甜々。どうして桃は特別なの？」

花びらを指で撫でながら明鈴が尋ねる。

「魔除けに使われているのは知ってるけど、なんでなの？」

「それはね、桃の兄妹の神話があるからなの」

甜花は明鈴を大きな桃の木陰に誘った。

「昔々、まだ人がいない神様だけの世界だった頃――」

甜花が桃の兄妹の神話を聞かせると、明鈴は大きなため息をついた。

「そうだったんだぁ」

「だから桃の花は魔除けに、実は病除けに使われるようになったのよ」

「あたしの家にも桃の木はたくさん植えてあったわ。あたし、子供の頃大きな病気をして死にそうになったことがあるの」

　明鈴は胸を押さえた。

「高い熱が何日も続いたらしいの。あたしはほんとに小さかったから覚えていないんだけど、両親は真冬に桃の実を探し回ってあたしの枕元に置いてくれたんですって。そのおかげであたしの病気は治ったっていうのよ」

「へえ」

　冬に桃を用意できるなんて、ほんとに小鈴はお金持ちなのね、と甜花は驚いた。

「だけど、甜々」

「うん？」

「さっきのお話で気になったことがあるの」

「気になったこと？　神代の話で？」

　明鈴はこっくりうなずくと甜花の肩に自分の肩をくっつけた。

「桃の兄妹はどうなったの？」

「え？」

「桃のお兄さんは病の鬼に飲まれた妹を捜すために旅立ったのよね」

「うん……」

「見つかったのかしら」

そういえば神話にはそのあとのことは書いていない。

「桃の妹はまだ鬼のおなかの中なのかしら」

「それは……わからないわ」

甜花は考えたこともない。神話は神話だ。そこに記してあることがすべてだと疑いもしなかった。

「お兄さんと妹が会えないなんて悲しいわ。ねえ、甜々」

明鈴はいいことを思いついたと言わんばかりに両手を打ち合わせる。

「甜々は本が好きよね、お話もたくさん読んでいるのよね」

「う、うん」

いやな予感に甜花は目を泳がせた。

「だったら」

明鈴はきらきらした目で甜花を見上げる。

「お話の続きを作って！　桃の兄と妹が出会っておうちに帰ってくる話を！」

「えええ――――っ!?」

二

明鈴にお願いお願いと頼まれ、甜花はとうとうその頼みを引き受けてしまった。

「お話なんて作ったことがないわ」

第九座の前庭で甜花はざるを揺すりながら呟いた。集めてきた桃の花びらを日光に当てて丁寧に乾燥させる。入り込んだ小さな虫をとりのぞくのも大事な仕事だ。

「お話を読むのは好きだけど……」

桃の兄は病の小鬼を見つけて倒しました。おなかから妹を助け出しました。めでたしめでたし。

「こんなのお話じゃないわ」

いったい病の小鬼はどこへ行ったのか、兄はどこで小鬼を見つけたのか。倒したとしたらその方法は？　おなかの中にいた妹は無事なのか？　どうして無事だったのか。見つけるまでにもいろいろあっただろう。失敗もあったし苦労もあったに違いない。そういうのを書いてこそお話だ。

「それをわたしが……考えるわけ？」

ああーっと甜花は頭を抱えた。お話を読むのは好きでも、作るのはまったく別だ。

「……甜々はなにをしているのだ」

陽湖は長椅子の上に身を起こし、窓から外の日溜まりにいる甜花を見て言った。

「さっきから百面相をしたり頭を抱えたり、あ、壁に頭を打ち付け始めたぞ！」

「なにか悩んでいるようですね」

銀流も一緒に見て言った。

「陽湖さま、お力になってさしあげれば？」

「そうだな。かわいい娘が苦しんでいるのは見ておられぬ」

陽湖は立ち上がると居間から出て玄関の扉を開けた。

「甜々」

庭にいた甜花は陽湖の姿を見てあわてて立ち上がった。

「はい、ご用ですか陽湖さま」

「いや、別に用事はない。おまえがなにをしているのか気になったのだ」

「なにをって……なにもしてません。桃の花びらを乾かしているだけで」

「だがなにか悩んでいるようではないか」

陽湖に言われて甜花はぴしゃりと自分の顔を叩いた。

「ご心配かけて申し訳ありません！」

「い、いや。気にするな。それでどうしたのだ」

「実は……」

と、甜花は陽湖にお話を作っているのだ、と打ち明けた。

「どうすればいいでしょう、陽湖さま」

「うーむ」

陽湖も腕を組んで考え込んだ。

「そうだ、紅天に聞いたらどうだ？」

「紅天さん？」

「うむ。あやつは歌を自在に作って歌うだろう？　歌を作るのも話を作るのも同じではないか？」

「あ、そうですね！」

甜花は陽湖と一緒に館の中へ駆け込んだ。

「紅天さんはどうやって歌を作っているんですか？」

いきなりそんなことを尋ねられ紅天は困った顔をした。

「――歌って、空から降ってくるんじゃないの？」

「空から？」

「そう。お日さまがあったかいなとか、風が気持ちいいなって思ったら、胸の中から生まれてのどを震わせて自然に歌っているんだよ」

「ああ……」

甜花はがくりと膝をつく。

「それは世間では天才と呼ぶものですね」

「おのれ、この天才め。甜々をがっかりさせたな」

陽湖が美しい柳眉を逆立てる。紅天は本当に困った顔をした。

「そんなことおっしゃられても――」

「甜花、それこそあなたの好きな書物に書いてあるんじゃないんですの」

見かねたのか、白糸が長いレースを編みながら言う。

「お話の書き方っていう書物を探しなさいよ」

「あ、そうか！　そうですね！」

甜花はぴょこりと立ち上がると陽湖に向かって両手の指を組んで見せた。

「陽湖さま――」

「ああ、わかったわかった。図書宮へ行ってよいぞ」

「ありがとうございます！」

甜花が風のように第九座を飛びだしてゆくのを見送り、陽湖は長椅子にどかりと腰を下ろした。

「物語を作るなんて人間の領分だろうに、私に聞かれても困る」

「天涯山の大妖、白銀（シロガネ）さまを困らせるなんて、甜花もやりますね」

銀流が珍しく、くすりと笑った。それに陽湖も苦笑を返す。

「そういえば甜々の祖父の士暮は話が上手だったな。いろいろな物語で私を楽しませた……甜々の作る話も楽しみだ」


甜花は図書宮に飛び込むと、書仕に物語の書き方について書いてある本はないかと尋ねた。さすがは大図書宮、またたくまに甜花の机の上に資料が揃う。

「さて」

甜花は一冊目から順に本を読み出した。しかし、次々と読破していく甜花の顔が、しだいに険しくなってゆく。

「甜花ちゃん」

図書宮で仲のいい星奈が本に顔をくっつけている甜花に声をかけてきた。

「あ、星奈さん」

「いい知らせよ！　甜花ちゃんのおじいさま、士暮先生の蔵書について」

はっと甜花は星奈の目を見つめた。

「書仕会で検討した結果、蔵書を調べて図書宮に置くかどうか、蘇芳さまが直接検分にいらっしゃることになったの。蘇芳さまの検分ならその場で決まるわ。たぶん、甜花ちゃんに案内してもらうことになるわね」

「ほんとですか！」

甜花は星奈の手を握った。

「嬉しいです！　いくらでも案内します。見ていただければきっとご満足いただけるはずです」

「うん、よかったわね……ところで」

星奈はちらっと机の上の大量の書物を見た。

「甜花ちゃん、小説を書くことにしたの？」

「そうなんですけど……」

甜花は書物を睨みながら零した。

「どの本も精神面に関することばかりで、あとはものをよく観察しろとか、気になったことを短く書き取れとか……でも、わたしは別に壮大な歴史大作を書きたいわけじゃないんです、もっと簡単におもしろい話が書けるやり方が知りたいんです」

甜花は星奈になぜお話を書くことになったのか説明した。星奈は頰に手を当てると
「そうねえ」と首をかしげる。

「そういえば確かに桃の兄妹が再会したって話は聞かないわね」

「だからってわたしが考えていいんでしょうか」

「いいんじゃない？　お話って現状に満足してないから生まれてくるものよ。まず甜花ちゃんが気になってるところから書けば？」

「気になるところ……」

甜花は腕組みして考えた。

「うーん、そもそも神の国ってどこにあるんでしょうか」

「そこぉ!?」

星奈との話で甜花はまず神の国を決めるところから始めた。そして地図を見ながら小鬼が逃げた場所を特定する。祖父と一緒に国中を歩いた記憶から決めたのは庚州だ。

「そうだ、ここにしよう。ここならわたしもよく知ってるし……。そうと決まれば」

甜花は立ち上がると、地方誌、植物誌、動物誌などを借り出してきた。

「これで旅の情景が描けるわ。そして庚州で小鬼を捕まえて妹を助けるのよ！」

物語のとっかかりができた、わたしがお話を作る。そのことで甜花はくすぐったいような誇らしいような気分になり、本に顔を隠して笑った。

そして三日後、五〇枚くらいの紙の束を抱え、甜花は図書宮にやってきた。明鈴に見せるよりさきに星奈に読んでもらおうと思ったのだ。

（星奈さんはびっくりするよね、わたしがこんなお話――小説を書き上げたら）

第九座の仲間には実は見せていない。一番仲がいいのは紅天だが彼女は文字が読めないし、白糸は意地悪を言いそうだし、你亜は知識の点で自分より優れていそうだからなんとなく見せたくなかったし、銀流に冷たい目で見られるのは身がすくむ。

もちろん陽湖には読んでもらいたいと思ったが、見せるのは確実におもしろくなってからだ。

まずは星奈に読んでもらって合格点が出たら明鈴に見せて、それから……と考えていた。

（甜花ちゃん天才！　とか言ってくれるかな、星奈さんの好きな怪談噺じゃないけど、まあ読めるものにはなってるもの。きっと褒めてくれるよね）

そのときのことを考えると嬉しくなって、甜花は図書宮に踊るような足取りで駆け込んだ。

三

図書宮で星奈を捕まえ、五〇枚の紙の束を渡す。星奈はまずその量に驚いたらしい。

「初めてでこんなに書いたの？　すごいわね！」

目を丸くする星奈に甜花はもじもじと身をくねらせた。

「えへへ……どうかな。お話になってるか心配なんですけど」

　謙遜しながらも甜花は自信満々だった。なにせ丸一日、資料を読み込み、そのあと仕事をしながら夜遅くまでかかって書き上げたのだ。明け方までがんばってしまい寝不足だったが、頭は妙に覚めていてわくわくしている。

「――じゃあ読むね……」

　星奈は甜花の作品を広げ文字を追い始めた。最初はじっくりと読んでくれていたのだが、途中から紙をめくるのが速くなり、最後はちゃんと読んでいるのか不安になるほど速かった。

　全部読み終え、星奈は「ふーっ」と大きな息をついた。

「……甜花ちゃん」

「うん」

「正直に言っていい？」

「う、うん」

　甜花はどきどきしながら星奈の声を待った。しかし、

「これは……お話じゃないよ」

　星奈の感想は甜花の望むものではなかった。

甜花はとぼとぼと後宮の庭を歩いていた。手には小説を書いた紙が握りしめられ、くしゃくしゃになっている。

頭の中では星奈の言葉がぐるぐるとうずを巻いていた。星奈は甜花が書いた小説をお話ではないと言ったのだ。

『情景描写ばかりで登場人物が描かれていない』

『その情景も辞典の丸写し』

『小鈴ちゃんは、桃の兄妹が再会して幸せになる話が読みたいんでしょう?』

星奈の言葉は厳しかった。

『……でも……わたし、三日もかけて……調べて……五〇枚も書いて……』

星奈は五〇枚の紙の束を集めると、とんとんと机の上で叩いて揃えた。

『どのくらい書けたとか枚数とか、そんなの読む人の読みたいことが書けてなかったら関係ないよ』

『…………』

確かにそれはそうだ、と甜花は声を呑み込んだ。

『甜花ちゃん、桃の兄は小鬼を見つけたときどう思ったのかな?』

『それは……嬉しかったし、……興奮したと思う』

『兄は妹のことをずっと思ってたんだよね?』

『うん……多分』

『だったらそういうのを書かなきゃあ。逆に言えばそれさえ書いてあれば、長々と旅の記録を書かなくてもいいんだよ。小鈴ちゃんはきっと桃の兄や妹の気持ちになって、再会の喜びを感じたいんだから』

『そう……なのかな……』

『ごめんね、甜花ちゃん。でもちゃんと書いてきた人にはちゃんと感想を言わなくちゃと思ったから』

　星奈は申し訳なさそうな顔をした。

『でもこれだけ調べて書けるのは甜花ちゃんの才能だと思うよ。この調べたことを、うまく話の中に落とし込んでいけば……』

『わ、わたし、もう一度考えてみる』

　甜花は星奈の手から紙の束を奪い取ると、その場から走り去った。恥ずかしさと悔しさでいたたまれなかったのだ。

　外に出ると桃の花が降りしきって美しい風景を作っていたが、足元にだけ目をやる甜花には見えなかった。

　甜花はとぼとぼと歩いて、やがて一本の木にゆきあった。周りを見回しても誰もいない。木の下に腰を下ろすと、甜花は自分の書いたものを読み始めた。

「〝桃の兄は大河に沿って歩き出しました、大河には蒲が生えています。蒲の穂は手で揉むとやわらかな綿を吐き出します。それからたくさんの紫色のクサフジも生えています……〟」

ほんとうに延々と川のそばに生えている植物について書いてあるだけだ。書いているときは楽しかったが、確かにこれでは辞典を写しただけの言葉だ。

「わたしって……」

小説を読むのが大好きなのにどうして書けないの？

「小鈴も……つまらないって……言うよね」

甜花は紙の束をくしゃくしゃにしてそこに顔を埋めた。あんなに時間をかけて熱心に楽しく書いたのに——ただのゴミを作っていたなんて！

恥ずかしくて悲しくて悔しくて、腹が立つ。星奈にも、自分にも。そして明鈴にも。

（小鈴がお話を作ってなんて言わなきゃこんな気持ちにならなかったのに！）

八つ当たりだとわかっていてもそう思わずにいられない。

「うー……っ」

甜花は声を殺してぼろぼろと涙を零した。

どのくらい泣いていただろう。泣きながら、眠ってしまったようだ。

甜花は顔を上げた。握っていた紙は涙と鼻水でぐしゃぐしゃになり、ところどころ字もにじんでいる。手を見ると墨がついていたので、顔も黒くなっているかもしれない。

（これ、どうしよう）

甜花は手の中の五〇枚の紙を見た。

ここに捨てて誰かに見られるのも恥ずかしい。部屋に捨てたって屑箱を見られるかもしれない。

（少し遠いけど焼却炉に持っていこう……）

明鈴にはやはりできなかったと謝ろうと思った。

「きっと小鈴だってそんなに期待してないよ……」

口に出すと本当にそんな気持ちになった。星奈の言葉の矢が刺さった胸に、すうすうと風が吹き抜けていくような気持ちだ。それは甜花がはじめて感じる虚しさだった。

そんな甜花の耳に遠くから笑い声が聞こえてきた。大勢の人間が笑って楽しそうにしている声。

いやだな、と甜花は思った。こんなときに楽しそうな人たちに会いたくない。

だが一方で奇妙だとも思った。笑い声はじょじょにはっきりしてくるのだが、それが子供の声のようだったからだ。

（後宮に子供がいるわけないじゃない）

甜花は立ち上がるとその声のほうに進み出した。虚しさを抱えていても好奇心まで失ったわけではない。

（どうして……）

桃の花びらが降る木の下に、数人の子供たちがいる。男の子に女の子。みんな白い服を着て、いずれも幼い。一番上の年でも七歳くらいだ。

その子たちが手をつないでぐるぐると回っていた。真ん中に両手で顔を隠した子供がしゃがんでいる。子供たちの歌から、それが那ノ国に伝わる遊技だとわかった。

「めぐるめぐる　亀(キ)の子めぐる
めぐるめぐる　兎(ト)の子めぐる
めぐるめぐる　狐(コ)の子めぐる」

これは夢だ、と甜花は思いながら子供たちに近づいた。

後宮にこんなに子供がいるわけがない。

だからこれは夢、きっとわたしはまだ目を覚ましていないのだ。わたしはまだあの木の下で眠っている。

桃の花びらと愛らしい子供たちが舞う、こんな穏やかで美しい風景、夢の中でしかあり得ない。

「めぐるめぐる　猪の子　めぐる
めぐるめぐる　鹿の子　めぐる
めぐりめぐって　人の子　であう
うしろにいるのは　だ　あ　れ　！」

そのとき甜花は子供たちの輪の中にいた。目の前にしゃがんだ子供の背中が見える。

「甜々！」

その子が叫んで振り向いた。その子の顔は幼い自分だった。

四

「わあ！」

甜花は驚いて飛び起きた。

「……夢」

やっぱり夢だった。自分は木の下にいる。膝の上に紙の束が載っていた。

「いけない、こんなところでうたた寝してたら第九座（うち）のみんなに心配かけちゃう」

甜花は紙の束を摑んで立ち上がった。

「あ、これ……」

みじめな失敗作。これを持って館には戻れない。

「やっぱり焼却炉に——」

歩き出した甜花の耳に悲鳴が聞こえた。振り返るとさっきの白い服の子供たちがこちらに向かって駆けてくる。

「えっ!?」

夢だったはず。あれは夢の中の出来事だったはず。だったら今も夢を見てるの？

走ってくる子供たちはさきほどと違ってみんな泣き顔だ。

「どうしたの……」

言いかけて甜花は驚いた。彼らの後ろに大きな異形の姿が見えたからだ。

「な、なにあれ」

それは三面六臂（さんめんろっぴ）の鬼の姿だった。ひとつのからだに三つの顔、六本の腕、しかし足は二本でどたどたと地面の桃の花びらを蹴散らしながら走ってくる。

「夢、でしょう?」

子供たちが甜花の横を通り過ぎる。

「おにだ!」

「はやくにげて!」

叫ばれたが甜花はまるでからだが石になってしまったように動けなかった。

「ゆ、夢よ。夢だから」

鬼がぐるぐると首を回して三つの顔を見せる。どの顔も怒り、憎しみ、妬みのような恐ろしい顔だ。

目前に迫った鬼が六本の腕を振り上げた。その腕が甜花に伸びてきたとき。

「逃げろ、甜々!」

どこからか飛んできた桃の実が顔に正面からぶつかり、鬼はその場に仰向けにひっくり返った。

「甜々!」

声のするほうにぎくしゃくと首をめぐらすと、桃の木の下に男の子が立ってこちらに手を伸ばしていた。あれは――。

「早く!　こっちへ!」

「お、」

心臓がどくりと跳ね上がる。その勢いで足が動いた。

「おにいちゃん！」

甜花は少年のいる桃の木に向かって駆けだした。背後で荒い呼吸の音が聞こえ、鬼が起きあがったのがわかった。

「こっちへおいで！」

おにいちゃん、一〇年前に図書宮で会った少年、死んだはずの――。

「瑠昴、さま」

瑠昴は甜花の手を握った。そのまま彼は桃の木の下に空いている虚（うろ）に甜花をひっぱりこんだ。

「これは――」

桃の木の虚は入ってみると驚くほど広かった。

「行こう」

瑠昴はぐっと力強く甜花の手を握る。虚の中はほんのりと光があり、相手の顔もぼんやり見えた。

「おにいちゃん……」

甜花はいつのまにか自分の目線が瑠昴より下にあることに気づいた。はじめて図書宮で彼に会ったときのように自分も小さく、幼くなっている。

「甜々、久しぶりだね」

瑠昴は歩きながら甜花に言った。

「ほんとにおにいちゃん……瑠昴さまなの？」

「そうだよ、甜々」

瑠昴は立ち止まると甜花と正面から向き合った。目の前にいるのは昔と同じ少年の瑠昴だ。

「びっくりさせちゃったね」

「おにいちゃん！」

甜花は叫ぶと瑠昴に飛びついた。ずっと会いたかった。夢の中でしか会えなかった人が今目の前にいる。

「わたし、わたし、知らなかったの。おにいちゃんが皇子さまだったなんて！　もう会えなくなるなんて！」

「そうだね。僕は死んでしまったから……」

「おにいちゃん、じゃあ今のおにいちゃんは――」

鬼霊なの……？

顔を上げると瑠昴は優しく微笑んだ。

「僕は鬼霊じゃないよ。この世界では君の方が鬼霊みたいなものだ」

「この世界……？」

「ここは境目。死んだ人と生きている人の」

「じゃあ……」

あの白い服の子供たちも。

そういえばあの白い服は、死者の着る帷子（かたびら）のようだった。

「あの鬼は？」

「あれはときどきどこからかやってくる魔物だよ。死んだ人の魂を狩っているんだ」

「そんな」

死後の世界、昏岸の向こうは穏やかな世界ではなかったのか。

「おいで、甜々」

瑠昴は甜花の手をとり歩きだした。

「君はまだ昏岸の向こうへ行く人じゃない。元の世界へ帰してあげるから」

「わたし、どうしてこっちに来ちゃったの？」

「桃のせいだよ」

瑠昴は甜花の顔を見て言った。

「桃？」

「桃の花が咲いているとき、世界は曖昧になる。桃源郷って聞いたことない？」

「ある」

「あれも桃の花が咲いているときに彼岸への道が開いて、そこを見てしまった人が作った言葉なんだ」

「へえ……」

やがて前方が明るくなり、再び桃の花が咲く森の中へ出た。

「おにいちゃん、ここには他にも人がいるの？」

「うん、ときどき会うこともあるよ」

「じゃあもしかしてここに桃の兄妹がいるんじゃないの？」

「桃の兄妹？　ああ、甜々の小説に出てきた……」

その言葉に甜花は飛び上がった。

「やだ！　なんで知ってるの？」

「甜々のことならなんでも知ってるよ。友達に小説じゃないって言われて大泣きしたことも」

「やだあ！　やめて！」

甜花は顔を覆った。

「だってあれははじめて書いたんだもの！　小説の書き方なんてよくわかんないんだもの！　次はちゃんと書くもん！」

子供じみた言い方になったけど子供の姿だから仕方がない、と甜花は心の中で言い訳した。

「次を書くんだね？」

瑠昴の声に甜花ははっとした。

「え……」

そんなつもりは今の今までまるっきりなかったのに。

瑠昴の顔を見ると楽しそうに笑っている。

「甜々なら書けるよ」

「……そ、そんなこと言われても……」

「途中で投げ出すのは甜々らしくない」

頭をぐりぐりと撫でられる。いくら自分が幼い姿だとしても、子供扱いは恥ずかしくて甜花は勢いよく頭を振った。

「あ、おにいちゃん。家があるよ」

桃の木々の間に石造りの大きな家が見えた。白い壁で赤い屋根、門は青く塗られている。不思議なことに家の周りはもやがかかって輪郭がぼんやりしていた。

「ああ、あれは……」

瑠昴の表情が曇る。見ていると小さな灰色の影がその家の門の前に浮かび上がった。

「おにいちゃん……」

「あれは病の小鬼だ」

「病の？」

小鬼は青い門をものともせず通り抜けると家の中に入ってしまった。

「甜々、ちょっとここで待っていて。僕はあの家の様子を見てくる」

「いや、わたしも行く！」

手を離そうとした瑠昴に甜花はしがみついた。

「おにいちゃん、どっか行っちゃいそうなんだもん、甜々も一緒に行く」

瑠昴は驚いた様子で甜花を見ていたが、やがて小さく笑った。

「黙ってどこかへ行ったりしないよ。でも甜々がいやなら一緒に行こう」

「……ん」

甜花は瑠昴の腕を離した。とっさのこととはいえ、男の子の、しかも皇太子の腕を摑むなんて、と恥ずかしくなる。

瑠昴と甜花は家の前に立った。瑠昴が青い門に腕を伸ばすと、その手が門の中に消える。

「目を閉じて一緒においで」

甜花はぎゅっと目をつぶった。促されて足を一歩、二歩、と出す。

「もういいよ」

目を開けると内側にいた。振り返ると門は閉まったままだ。

「すごい、門を通り抜けた！」

「すごいだろ」

瑠昴は笑う。おにいちゃんが楽しそうだ、と甜花も嬉しくなって笑った。

「さっきの小鬼はどこへ行ったの？」

「この家の中のどこかにいるよ」

二人で手をつないで長い廊下を歩く。廊下には珍しい花の絵が描かれていた。ときどき人が忙しく通り過ぎたが、二人の姿は見えていないようだった。

「甜々」

瑠昴が細く開いた扉を指さした。扉にはたくさんのお札が貼ってあり、真ん中に病除けの桃の絵が描かれている。瑠昴と一緒にそっと覗くとそこは子供部屋のようだった。

小さな寝台に女の子が眠っている。枕元には桃の実が山と積まれ、釣り鐘のような花の形をした燭台が置いてあり、その顔を照らしている。

女の子の胸の上に灰色の小鬼がしゃがみこんでいた。

「小鬼だ！」

「しっ」

瑠昴は甜花の口をふさいだ。

小鬼は女の子の顔を覗き込んでいる。燭台の灯りに浮き上がる女の子の顔は真っ赤で、苦しそうな息をしていた。

小鬼は甲高い嗤い声を上げると女の子の胸の上で飛び跳ね出した。

「うう」

女の子が苦しそうに身をよじり、横を向いて嘔吐する。

バタバタと足音が聞こえ、振り向くと男の人と女の人が駆けてきた。

「――――！」

おそらく両親なのだろう。なにか叫びながら寝室に飛び込み、女の子のそばにしゃがんで声をかける。名前を呼んでいるのかもしれない。

灰色の小鬼はそんな二人を見ながら、ゲラゲラと笑って飛び跳ね続ける。

「おにいちゃん、あの小鬼をやっつけなきゃ！　あの子死んじゃうよ」

「大丈夫、もうじき消える」

瑠昴は静かな顔で部屋の中を見つめている。どうしておにいちゃんはあの小鬼をやっつけてくれないのだろうと甜花は不満に思いながらその横顔を見つめていた。

やがて瑠昴の言うように、小鬼はふっと姿を消した。女の子の容態も落ち着いたようだった。

　女の人は泣いていて、それを男の人が慰めている。汗びっしょりの女の子の顔を小布巾（ハンカチ）で拭いていた。

　しばらく彼らはそこにいたが、やがて静かに部屋をあとにした。

　瑠昴と甜花は女の子の枕元に立った。

「……よくがんばったね」

　瑠昴は女の子に優しく声をかけた。

「でも、もうがんばらなくてもいいよ。痛いことも苦しいこともなくなったからね」

　そう言って瑠昴が寝台に手を伸ばすと、いつのまにか女の子は小さな桃の実になっていた。

　甜花が驚いている間に瑠昴はその実を手に取り、甜花に「おいで」と首を振る。

　ふっと周りの景色が変わったかと思うと、甜花は川のそばに立っていた。瑠昴も隣にいる。

「おにいちゃん、ここはどこ？」

　尋ねる甜花に瑠昴は悲しげな笑みを浮かべてみせた。ゆっくりと地面に膝をついて、桃の実を水に入れる。

　桃はゆらりゆらりと川の流れに乗って岸を離れた。

「おにいちゃん……あの桃は……あの子はどうなるの？」

「この川は昏岸に流れていくんだ」

「あの子は死んじゃったの？」

「ずっと病気だったんだ。ようやく楽になれたんだよ」

甜花は桃の実を見つめた。桃は流れに乗っているように見えたが、ときどきくるりと回ってこちらを向く。それが、流れに逆らいこちらへ戻ろうとしているかのようにも見える。

甜花は振り向いた。さきほどの男女――女の子の両親が川岸に立ってさめざめと泣いている。

もう一度桃を見たが、桃はあまり進んでいないようだった。

「だめ……」

甜花は思わず走り出していた。

「だめよ、あきらめないで！　病気に負けないで！」

川へ飛び込もうとした甜花の手を瑠昴が引き留めた。

「その子はずっと苦しんでいたんだ。楽にしてあげよう」

甜花は髪を乱して首を振った。

「でも生きていたら病気が治るかもしれない、あの桃は川を進んでないわ」

甜花は瑠昴の手を振り払い、川に飛び込んだ。川はさほど深くはなかったが、幼い甜花は胸まで浸かった。

「帰ろう！　おうちに！」

伸ばした手の先を桃がすり抜けてゆく。

「甜々、これを！」

瑠昴が桃の枝を投げた。甜花は枝を受け取り、その枝の先で桃の実を搦め捕る。

「やった！」

甜花は桃を摑んだ。桃の実は温かく、ずしりと重い。

「がんばって！　あきらめないで！」

力をこめて桃を上流へ、両親のもとへと投げる。両親は二人とも腕を伸ばしてその桃を受け取った。

彼らの手に落ちる寸前、桃が輝いてその光の中に女の子の笑顔が浮かび上がった。見知らぬ子だったのに、とても懐かしく感じた。

「生きて！」

甜花は叫んだ。瑠昴が川に入って甜花を引き上げてくれる。岸に着いたときにはもう女の子も両親の姿も見えなかった。

「おにいちゃん、あの子は……」

「生きることに……したみたいだよ」

「——ああ、よかった！」

甜花はべったりと草地の上にしゃがみこみ、大きく息をついた。

「えらかったね、甜々」

頭を撫でられ、甜花ははっと思いつく。

「おにいちゃんの桃は？　甜々が拾いにいく！　どこまでだって捜しにいくよ！」

そう言うと瑠昴は寂しそうに笑った。

「ありがとう。でも僕の桃はもうずっと向こうの果ての海に出てしまった。このまま昏岸に辿り着き、いつか新しい木になるために」

「新しい木……？」

「うん。新しい木には新しい花が咲いてまた実がなる。そうしたらその実は甜々のいる世界へ通じる川の流れに乗るだろう」

甜花の目にその川が見えたような気がした。朝日に向かって流れてゆく美しい川。

そこを瑠昴の桃の実がまっすぐに流れてゆく。

「そうしたらいつか会える？　甜々にも会える？」

「甜々。桃の兄妹の話をしたね……君が桃の妹だよ」

「わたしが？」

「そして桃の兄が迎えにきたよ」

どこかから声が聞こえた。「おーい、おーい」と呼ぶ声。温かな響きの声。

「あの声、知ってるよね」

瑠昴が言って、甜花はうなずいた。

「知ってる……」

甜々は瑠昴を振り向いた。

「おにいちゃんが桃のお兄さんじゃないの？」

「僕は……違う」

瑠昴は寂しげに、しかし優しく微笑んだ。

「僕はこちらの世界で君を想おう。でも君の世界で君を想ってるものがいる。だからお帰り……」

「想ってる人？　そんなのいない。おじいちゃんが死んで、わたしはひとりよ」

甜花は駄々をこねるように言った。もっとずっと瑠昴といたいのに、背中を引っ張られるような気がする。

「おにいちゃんと一緒にいたい！」

「甜々。僕は過去だ。君の記憶だよ。君の一番楽しかったときの記憶……。思い出に固執せず、ちゃんと目を開けて大事なものを見てごらん……君の近くにいる人を」

「違う違う、そんなんじゃ……っ」

そうではないと言えるだろうか？　祖父もいて、図書宮にこられて、求婚されて。

一番幸せだったときだ。

瑠昴への思いはその幸せを懐かしむ感情にしかすぎないのか。

桃の花びらがまるで雪のように降りしきる。桃色の雪で目の前が見えなくなる。

「おにいちゃん!?」

甜花はその花びらを両手で必死にかきわけた。瑠昴の声だけが花びらの間から聞こえてきた。

「さあ、お行き。あの子に、元気でって伝えてね」

「おにいちゃん……っ！」


「……おにい、……ちゃん……」

甜花の唇が動いて小さな声で言葉をつむぐ。その唇に触れようとした指先が、ぴくりと震えて動きを止めた。

「甜々、兄上の夢を見ているのかい？」

甜花は後宮の庭の桃の木の下で眠っていた。周りには紙が散らばっている。隣に座っているのは璃英だ。

「ん、ん……」

甜花が身じろぎし、璃英の手に頬をすりつけた。

「皇はずっと兄上の夢なんか見てないよ」

うらやましい。

そう思ったのは甜花にか、兄にか、璃英にもわからない。

桃の花は優しく降りしきる。

璃英は甜花の髪に落ちた桃の花びらを摘まむと、それを自分の小布巾に包み、胸の内に仕舞った。

終

桃の兄はついに病の小鬼を倒しました。

小鬼のからだは黒い炭のようになってぼろぼろと崩れていきます。

そしてその中から桃の妹が現れたのでした。

「兄上!」

「妹姫!」

初めて出会った二人は見つめ合いました。

「ずっとずっと、お会いする日を夢見てました」

桃の妹の目から涙がこぼれます。

「ずっとずっと、おまえに会いたかった」

桃の兄の目からも涙がこぼれています。

「はじめてなのにこんなにお懐かしい」

「それは私がおまえを夢に見ていたから」

桃の妹は兄の胸に顔を寄せました。兄は妹をしっかりと抱きしめました。喜びが二人を包むと、どこからか桃の花びらが降ってきました。

「これからはずっと一緒だ」

兄はそう言いました。

あたり一面に桃の花が降っています。二人は新しい桃園に新しい家を建て、そこで幸せに暮らしました。


「…………」

明鈴は最後の頁を見つめ黙っていた。甜花はそわそわしながらその様子を見つめていたが、やがて我慢できずに話しだした。

「あのね、小鈴。ほんとは最初はもっと長かったの。神の国に設定した真互ヶ原から目的地にした庚州への旅の様子とかも書いてあったの。そのあたりの植生がおもしろいんだけど、小鈴はあまり興味がないかなって省いちゃったのね。兄と小鬼の戦いを見せ場にって言ったのは星奈さんなの。がんばったんだけど、わたしも剣なんか使ったことないし、そのへんはいいかげんで……」

「甜々！」

明鈴は叫ぶと甜花の首を抱きしめた。

「ありがとう！　そうよ、あたしこんなのを読みたかったの！　ああ、兄と妹が無事に出会ってよかったわ！　ほんとにありがとう！　小鬼が兄を罠にかけて穴に落としたときなんかはらはらしたわ！」

「そ、そう？　そのへんは星奈さんの考えも入ってて……」

「なにより、二人がずっと夢で会っていて励ましあっているところが最高！」

「う、うん」

「すっごくおもしろかった！　甜々、あなたって天才よ！」

「え、えへへ……そんなこと……あるかなあ……」

褒められて甜花は真っ赤になって顔を隠した。

「途中で桃の兄が小鬼を追い払って病気の子供を助けるところがあるでしょう？」

明鈴はがさがさと紙をめくった。

「このおうちの雰囲気があたしのうちになんだか似てるのよね。白い壁に赤い屋根、青い門で廊下の床に花の絵が描いてあるところなんか」

「え？」

「枕元の百合の形の燭台――あたしが子供の頃うちにもあったのよ」

「…………」

(あの子――)

笑顔がとても懐かしいと思ったのも道理だ。あの子が、

(小鈴だったんだわ)

「あたしが昔大病したって話したからこれ書いてくれたの？　でも家のことまで話したっけ……」

「そ、想像よ！　いろんなおうちの様子をまとめて書いたらこうなったの」

「へえ、すごいわあ」

明鈴はまったく疑っていない様子でしきりに感心した。

「桃の兄がすごく優しくて強くてかっこよかったわ。この人は甜々が考えたの？　それとも誰かを手本にしたの？」

「えっ」

「こんな人が恋人だったら素敵でしょうねえ」

「ええ……っと」

そういえば桃の妹は小鈴みたいにかわいい子と思って書いたけど桃の兄は――。

強くて美しくて賢くて、なにより妹を大切に思う人。涼やかな目、静かな笑顔、ときどきからかったりして、わたしを落ち着かなくさせる……。

脳裏にふいと浮かび上がった顔に甜花は息を呑んだ。

(うそよ)

皇帝陛下が手本だなんて、そんな恐れ多い――。

「甜々？」

明鈴が覗き込んできて甜花ははっと我に返った。

「て、手本の人なんていないわ！　自分で考えたの」

「ほんと、すごいわ！」

明鈴は甜花の手を取って顔を寄せた。

「甜々は小説家になるといいわ」

「とんでもない！　もうたくさんよ。お話考えるの大変だったわ。これは小鈴に見てもらうためだけに書いたの」

「もったいないー」

「これだけで十分よ」

「もっと書いてー！」

庭の桃の木ももう花を散らして葉だけが残っている。若々しい緑の木陰で甜花と明鈴は笑いあっていた。

甜花が陽湖に書きあがったものを見せろと迫られるのはもう少しあとになる。

第三話　甜花、鏡湖へ行く

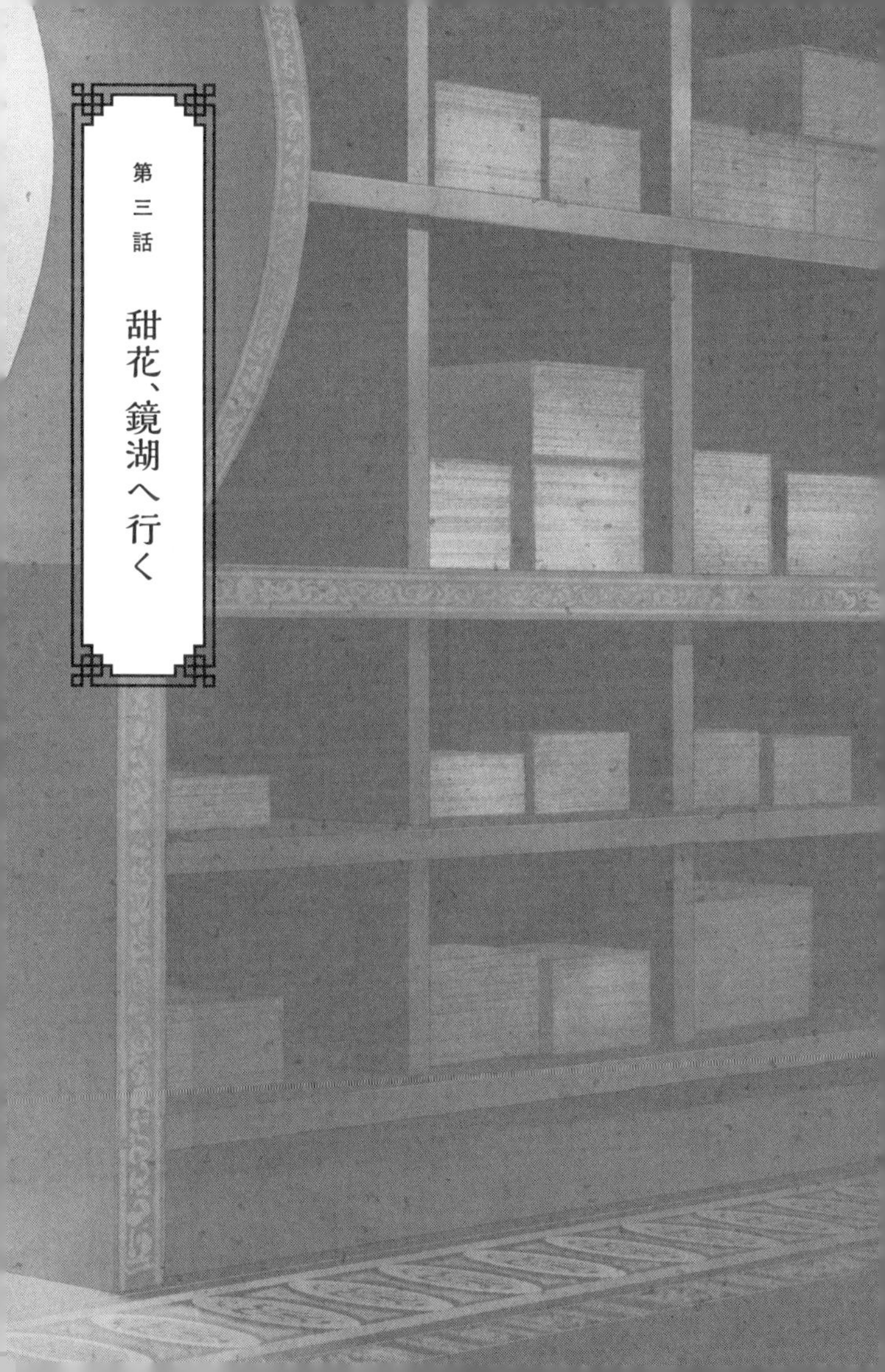

序

後宮の庭に薄紅の桃の花が降りしきる。

雪のように髪に肩に舞い落ちる花びらを摘まみ、甜花がため息をついた。

「もう桃も終わってしまいますねえ」

「ずいぶん残念そうな顔だな」

すぐそばにいた陽湖が甜花の顔を窺いながら言う。

「後宮のお庭の桃が見事すぎるんです。こんなに散って、明後日くらいになればあっけらかんと緑の森に変わってしまいます」

甜花は陽湖の器に茶を注いだ。桃の花の下で第九座の面々はくつろいで花見の宴だ。

「散るなというのは酷だぞ。花はその役目を終え散るのだ。人はその美しい姿を覚えておいてやればいい」

「おっしゃるとおりですけど……」

「人はわがままだからその美しさを留めておきたいと思っちゃうんだにゃ。他のどんな生き物だってそんなおっかないこと考えないのにゃ」

相変わらず寝転がっている你亜が、顔の横に咲いている白い花をつつきながら言う。

「おっかない、ですか？」

　甜花が繰り返すと、你亜はごろりとこちらを向いた。

「おっかないにゃ。散らない花なんてただの造花にゃん。虫も土も育まない、そこにあるだけなら石と同じにゃ」

「造花ですか……。造花は確かに美しいですが、あれ、飽きちゃいますよね」

「そういうことじゃ。命をつなぐために散るからこそ、花は美しいのではないか？」

　珍しく銀流が話に加わった。抜き身の刀のようにほっそりとしながらきりりとした侍女の顔を甜花は見上げた。

「そうですね。この花たちも次の実のために散っていくんですよね」

　手の中にひらりふわりと花びらが落ちる。先のとがった楕円の花びらが愛おしい。

「ん……そうか……」

　隣で陽湖がなにか呟いた。振り返れば二羽の小鳥が陽湖のすぐ頭上の枝でピューイピュイとさえずっている。

「甜々。白大河の両岸の杏が見頃らしい。ずらりと並んだ白や桃色の花が、それはそれは美しい光景だそうだ」

「え？」

「おまえにその岸辺を見せたいものだな」

それは今思いつかれたのかしら、それとも誰かに聞いたのかしら。

小鳥たちは鳴きながら飛び立っていった。

（まさかね……）

「でも陽湖さま、そんな後宮の外の景色なんてどうやって見ますの？　白大河なんて船でないと行けないですし」

白糸がせっせと編み針を動かしながら聞く。春から編んでいるレースのブエルが完成に近づいているようだ。

「そうだな。せっかく妃なのだから、たまにはしおらしく我が君におねだりしてみようか」

陽湖はニヤリと笑う。とてもその顔はしおらしくとは言えなかった。


陽湖がどう〝おねだり〟したのか、皇帝、璃英が妃たちを連れて船遊びをするという話になった。

後宮から白大河の船着き場まで馬と輿で五限近く揺られ、見えてきたのはいくつもの帆を張った美しく豪華な大型船だった。

四后九佳人、合わせて一三人の妃とその使用人、雑用人、厨房人、船を漕ぐ人足、警備の兵など合わせて一〇〇人以上の大所帯だ。それほどの人数を乗せるとなると船もまた巨大なものとなる。

「おねだりした身で言うのもなんだが、わずかな間でよくもまあこんな大がかりな準備ができたものだ」

陽湖は感心して船を見上げた。これだけの船を短期間で準備して航海の手はずを整えたのだから、後宮の行事を執り行う内省官たちはずいぶん大変だったろう。もともと那ノ国は河川が多く、造船業も盛んだ。商用の大型船も多い。そこから借り受けたのかもしれないが、携わった人々の苦労を思って甜花は心の中で手を合わせる。

一三人の妃たちが大騒ぎしながら船に乗り込む。甜花も陽湖のお茶道具を持って船の階段を上がろうとした。

そのとき、船の欄干の内側にいる男と目が合った。肩当のついた革の鎧を着て、腰に巻いた帯に大きな剣を差し込んでいる。

（あの人は……）

右の頬から左の頬に、鼻を横切って走る長い傷痕を覚えていた。璃英の側近である針仲（シンチュウ）だ。璃英がもっとも信頼している兵。

「………」

針仲はじっと甜花を見つめている。甜花は無意識に首をすくめていた。

（針仲さま、わたしのことよく思ってないんだろうなあ）

去年の晩秋、館が焼けて一時的に暮らした海辺の村朱浜（シュヒン）で、お忍びでやってきた璃英と村祭りを楽しんだ。そのときも怖い顔で睨んできた。

針仲はいつもあんな顔だ、と璃英は言ったが、ただの下働きが皇帝と親しくして、よいわけがない。分をわきまえない無礼者か、まさか間者（スパイ）だと思われているんじゃないよね、とドキドキする。

「あの男睨んでいるな」

すぐ後ろで陽湖がくすくす笑っている。

「私のわがままで後宮が大さわぎだと怒っているのだ」

睨まれているのは陽湖さまだったのか。

けれどそれで安心はできない。つまり第九座が目をつけられているということだ。

「気にするな」

陽湖が心を読んだようにぽんと甜花の肩を叩いた。

「あいつが命を救った礼をしたいと言っていたから、機会を与えてやったのだ」

「陽湖さま、陛下のことをあいつだなんて」

甜花がたしなめると陽湖は子供のようにぺろりと舌を出した。

一

出航の銅鑼が鳴り、船が滑るように川を進み出した。行きは川を下るだけなので、あまり勢いがつかないように帆は半分ほど下げられている。

華やかな館の住人たちが船縁に揃っているところは、まるで花籠から花がこぼれだしているようだった。

普段後宮の館の中にいる女性たちは、頬を撫で髪をくしけずる川風を存分に楽しんでいた。

「あれあれ、ご覧になって」

館の女たちが歓声をあげる。子供たちが船に手を振りながら一緒に川辺を駆けている。馬に乗った若い男たちもいる。女たちが布を振って無事を祈る。

「まあ、かわいいこと」

「あの人、素敵じゃない？」

「きゃっ、転んじゃった、大丈夫？」

岸で手を振る人たちに、館の女たちも白くなよやかな腕を振って挨拶を交わす。

楽しい川旅になりそうだと甜花も欄干から景色を見ていた。

（そういえば璃英さまはどちらかしら）

船に乗って以来皇帝の姿を見ていない。

（どこかのお部屋から見てらっしゃるのかしら。気軽に船縁で涼むということができなくてお気の毒ね）

昼近くなって船の速度が遅くなった。見ていると周辺の岸からたくさんの小舟がこちらを目指してやってくる。小舟には果物や野菜、肉や魚、総菜や菓子や花に土産物などが積まれていた。

「買っておくれよ」

「おいしいよ」

船の行商だ。女たちは色めき立つ。普段は月に一度の市だけが買い物の機会なのだ。みんなが船縁から身を乗り出してさかんに商人たちと交渉しはじめた。

「わあ、楽しいですねえ」

甜花も船の欄干から小舟を見下ろした。

「陽湖さま、ここでお昼ご飯を買うみたいですよ」

「そうだな、甜々と紅天でなにか適当に見つくろっておいてくれ」

「はい」

陽湖から預かった財布を手に、甜花と紅天は小舟の商人たちと交渉を始めた。祖父との旅でよく知っている。商人たちの最初の値段はすべて二倍だ。それを値引きさせていかによいものを手に入れるかが交渉の醍醐味。だが、紅天は全部言い値で買おうとする。

「だめですよ、紅天さん。鳳梨が一切れ五元なんて高すぎです」

「でもおいしそうだよ。あんなに蜜が滴ってていい香りがして」

紅天は串に刺した鳳梨に舌なめずりをする。

「二本で五元じゃないとだめ！」

紅天が注文し、甜花が値切るという交渉で、どんどん買い込む。とても昼ご飯分だけとは思えない量を買ってしまった。

「大丈夫、残ったら銀流さんが全部食べるから」

買いすぎて反省している甜花に紅天は笑いながら声をかけた。ほっそりとしている銀流だが、館の中では誰よりも食べることを甜花も知っていた。

楽しい買い物を終え、昼食をとったあと、各館の住人たちは思い思いの場所で過ごしていた。個室で休むもの、昼寝をするもの、甲板に張られた天幕の下で音曲や舞を披露するもの、甜花のように飽きずに川岸の風景を見ているもの……。

「あ、川イルカだ」

川面を船と競走するようにうろこのない大きな魚が飛び跳ねている。つるりとした青灰色のからだが、水から出るたびにきらりと光った。

「川イルカが魚ではないというのは知っているか？」

不意に低く涼しげな声がかけられた。驚いて振り向くと、警備の兵——いや、その扮装をした璃英が立っている。革兜に面当てをしていたが、そこから覗く瞳は間違えようがない。

「陛下、またそんなお姿で」

甜花は小さな声で言った。

「みながのんびりしているのだ、気を遣わせたくない」

そう答える璃英の背後には針仲もいる。鋭い視線に甜花はすばやく頭をさげて、船の外に視線を戻した。

「たとえ警護の方でも後宮の人間に話しかけるのは禁止されてます」

「案外気にしていないようだぞ」

璃英が横の方に顔を向ける。見ると館の召使や侍女たちが兵とおしゃべりしている。

「今の皇帝はそのあたりは大目に見るらしい」

他人事のように言う。甜花はふうっと肩を落とした。

「——川イルカは卵ではなく同じ姿の子供を産みます。育てるのもしばらくは母乳です。だから魚ではなく動物の仲間です」

「他にもそういう生き物はいるのか？」

璃英は船縁に寄って下を見下ろした。

「鯨や鯱はそうですね」

「鮫は？」

「鮫は卵を産みます。北のほうでは鮫の卵は珍味として好まれているそうです」

一言余計な知識を披露した甜花に璃英は感嘆の目を向けた。

「博識だな」

「本に書いてあります」

「甜々は図書宮の書仕になりたいのだったな」

「はい……！」

覚えていてくれたのか、と甜花は期待を込めて璃英を見上げた。璃英は苦笑し、

「しかし陽湖どのが離さないだろう」と答える。

「はあ……」

甜花はちらっと甲板にいる陽湖を眺めやった。大きな天幕の下で横になって紅天の歌を聴いている。

「陽湖さまには本当によくしていただいています」

「しかし一生そばにいるというわけにもいくまい」

「そう……ですね」

「皇が陽湖どのを正妃に迎えれば、おまえはずっと一緒にいられるかもしれんな」

軽い調子の言葉に、甜花はどういうわけかカチンときた。

「陛下が本当に陽湖さまをお好きならそうなさればよろしいですわ」

ちょっと意地悪な言い方だったかとすぐに甜花は反省した。だが、璃英は真面目な顔で甜花を見返している。

「陽湖どのは好きだ。強く賢く美しく……不思議な魅力がある。どんな危険もあの人は乗り越えてしまいそうだ」

どきりとした。璃英が陽湖を好きだと言った言葉に。璃英がまっすぐに陽湖を褒めたのは嬉しかったが、たった三音の短い言葉が甜花の胸を波立たせる。

「では、……では、陽湖さまを正妃に……？」

「さあ、どうしようかな」

璃英は船縁にひじを預け、楽しそうな目を向ける。

「甜々はどう思う？」

「なぜわたしにお聞きになるんですか？」

「皇は陽湖どのも甜々も好きだからな」

一瞬遅れて璃英の言葉が頭に入ってきた。とたんにぼんっと顔が発火したように熱くなる。

「かっ、からかっていらっしゃるんですね！」

うーん、と璃英は船縁を摑んで伸びをする。

「甜々とまた祭りで飴リンゴを食べたいと思ったのだ」

海辺の村、朱浜での祭の夜……記憶と一緒に甘やかなリンゴの香りが鼻に立ち昇ってきた。

「飴リンゴくらいいつだって食べますよ」

「本当か？」

こちらを向いた璃英の目に、どうしてだろう、切ない色が見える。

「本当です。だから……下働きをからかわないでください」

「そういうつもりじゃない」

「だったら、」

そのとき背後に黙って控えていた針仲が「陛下、そろそろ」と声をかけてきた。

「わかった。それでは甜々、またあとでな」

璃英と針仲は足早に去っていった。その後ろ姿を見送って、甜花はドキドキする胸を押さえた。

「なんなの、もう……。下手な冗談ばかり言って」

心臓が痛い。川風に当たり過ぎたのかもしれない。

川イルカの姿はもう見えない。甜花は船縁に沿って舳先のほうへ歩いていった。

風に乗って歌声が聞こえてくる。紅天とは違う、穏やかに響く声だ。

「きれいな声……」

歌声に誘われて近づくと、青く薄い領巾（ひれ）をまとった女性が舳先で歌を歌っていた。長い髪を結わずに気持ちよさそうに風になびかせている。

その歌声に合わせるように小さな魚たちがぴょんぴょんと川面を跳ねていた。歌う女性は魚たちに優しい視線を向けている。

「……素敵……！」

歌が終わったとき、甜花は思わず手を叩いていた。気づいた女性はにっこり笑って頭を下げる。

「ありがとう」

「あの、わたし第九座で働いている甜花です」

甜花はぺこりと頭をさげた。

「私は第五座の召使で翠梢（スイショウ）と言います」

女性も領巾を身に引き寄せ小さく頭を下げた。

「翠梢さんの歌、とても素敵でした。魚たちも聞き惚れてるみたいでしたね」

「魚は私の友達だから……」

「友達？」

「私は白大河の分流、翠河（スイガ）のほとりの郷（さと）の生まれで、子供の頃から水や魚と親しかったの。郷の人たちの生活は漁業に支えられていたし、神様もお祭りも魚に関係するものなの」

　甜花はその地名に小さく手を叩いた。

「翠河、知ってます。子供の頃おじいちゃんと旅したことがあります。大きな巻き貝の形をしたお堂を見ました。龍神さまを祀っているとか」

「あら、私の村はそのお堂の近くなのよ」

　翠梢も目を瞠って嬉しそうに笑った。

「うちは代々そのお堂を祀る家柄なの」

「祭司さまなんですね」

「ええ。後宮勤めが終わったら郷に戻って巫女になるの……」

　楽しそうに話していた翠梢の顔が甜花の背後に何を見つけたのか、さっとこわばる。彼女は急いでひざまずき、両手を組んで頭の上に上げた。その様子に（身分の高い方がいらしたんだ）と、甜花もあわてて振り返って倣う。

　目の前に、思った通り上等そうな衣装を身にまとった女性たちがいた。

「翠梢、姿が見えないと思ったら、こんなところで他の館の下働きと無駄口をたたきおって」

ケンケンとした語尾のきつい物言いだ。翠梢の名を知っているところを見ると、おそらくは第五座の佳人だと思われた。

「申し訳ありません、夫人。つい風に誘われて時間を忘れてしまいました」

「おまえはいつまでたっても第五座の使用人だという自覚がないようだね。まあ龍神の巫女は館の妃なんかより偉いようだからねえ」

「そんな、夫人……」

「部屋に戻ってわらわの宝飾を磨いておいで。美惟子の首飾りの粒も全部だよ！」

「はい」

翠梢は頭を深く下げ、さっと甜花の前から走り去った。甜花も目の前の女性のきつい様子が恐ろしく、黙って頭を下げ続けた。

「おまえはどこの館のものだ？」

第五座の佳人が聞く。

「は、はい、第九座の下働きでございます」

「第九座……」

甜花の答えに女性たちがさわさわと囁きあう。

「あの陽湖さまの……」

「第九座の……」

さすがに陽湖のことは一目置いているらしい、顔を伏せながらも甜花は唇を緩めた。

その目の前にチャリンと小銭が放り投げられる。

（え？）

「わらわは第五座の亜縣だ。とっておおき。それでわらわに第九座の主人の秘密をひとつ教えよ」

「――」

思わず顔を上げてしまう。亜縣妃は髪の結い上げも衣装も流行りの形で決め、顔は首から上を日焼け止めのために真っ白に塗りつぶしていた。目の上は青い青金石の粉で染め上げ、唇は赤を通り越して金色に見える紅をさしている。むき出しの肩や首はきらきらとしたベールをまとっているように光る粉が振りかけられていた。

（うわあ、派手……）

その姿のけばけばしさに、一瞬自分に言われたことも忘れてしまったが――。

「申し訳ありません。わたしは下働きでございまして、夫人のおそばに寄ることはございません。なので夫人の秘密と申しましても……」

きっと甜花は目に力を込めた。

「たとえ知っていても金子で主人を裏切る真似はいたしません」

第五座の亜縣妃は虚をつかれたように身じろいだが、すぐに鼻を鳴らして背を向けた。お供の侍女たちがさっと甜花の前から小銭を拾い上げてゆく。

「……なんなの、今の」

あんな方が夫人だと館の使用人たちは苦労しそう……。

甜花は翠梢のことを思った。

(龍神の巫女ということでいやな言い方されてたけど、大丈夫なのかな)

船はその後も順調に進み、やがて岸辺に陽湖が言った杏の林が見えてきた。

「わあ……!」「きれい!」「すごいわ」

船縁で女たちが声をあげる。

桃よりも淡い色の花をつけた木々が一キロほども続いているだろうか。船の速度もゆっくりになり、甘い花の香りの中を進む。花自体はあまり香りがないのに、ここまで漂ってくるということはそれだけ花が多いのだろう。

「きれいですねえ!」

甜花は声をあげ、陽湖を振り返った。陽湖も満足げに笑う。

「気に入ったか、甜々」

陽湖は甜花に小舟から買った焼き菓子を渡した。木の実の入ったさくさくとした菓子だ。

「はい。本当にすばらしいです」

「甜々がこれほど喜んでいるならあいつもがんばった甲斐があるな」

陽湖は背後の船室を見上げた。

船は航行できるぎりぎりまで岸に寄っているので、花びらがちらちらと船まで届く。

陽湖と甜花は菓子を食べながら杏の花を楽しんだ。

やがて杏の林も過ぎたが、川面は白い花で染まっている。さきほどの岸辺から海に向かって流れてゆくのだ。まるで絨毯を敷きつめたようだった。

「甜々、このあとはどこへ向かうか知っているか？」

「はい。檜葉(ヒバ)郡の保尾(ホビ)というところで一泊します。きれいな湖があるそうです」

「湖の名を？」

「いえ、そこまでは」

陽湖はにやりと悪戯を企む子供のような笑みを浮かべた。

「鏡湖(かがみこ)というのだよ」

「陽湖さま、ご存じなのですか？」

「ああ、昔行ったことがある。そこを宿泊地にしろと頼んでおいた」

陽湖は感慨深げな顔をする。

「おまえによい体験をさせたくてな」

ぽんと頭を叩かれ、甜花は陽湖を見上げた。

「なんですか？」

「行ってみてのお楽しみだ」

そのとき、「きゃあ」と悲鳴が聞こえた。

「どうしたのでしょう」

声のするほうへ行ってみると、さきほど会った第五座の佳人、亜縣妃と、陽湖と親しい二后の苑恵(エンケイ)后が言い争っている。

「どうしたのだ？」

割って入ると、気づいた苑恵后が涙をにじませた目で陽湖に抱きついた。

「陽湖さま！　ひどいんですの、亜縣さまがわたくしの簪(かんざし)を……！」

「だからわざとではないと言っておるだろうが!?　カモメがくわえて持っていったのだからわらわのせいではない！」

亜縣妃は頬を紅潮させ、憤慨した様子で答えた。

「苑恵后どのがあんまり簪を自慢するからちょっと見せてもらっておったのだ。そうしたら、カモメがさっと取っていったのだよ、陽湖どの。わらわのせいか？　そもそも苑恵后どのの簪は鳥にいわくがあるんじゃないのかえ」

そう言われてすうっと苑恵后の顔色が変わる。

去年の初秋、褒賞の宴で桟敷にいた苑恵后の簪がカラスに狙われた。そのため桟敷が壊れて苑恵后と侍女たちが落下し、一人が死亡している。それは春先に自殺した——のちに殺人だとわかったが——召使のたたりだという噂がある。そのことは苑恵后の心の中で沈んだ澱（おり）のようにわだかまっているらしい。

「そんな……そんなことありませんわ！」

「どうかな。召使の恨みはまだ残っているのではないのか？　自分を助けてくれなかった主人のことをどう思っているのやら」

九佳人は四后よりも身分は低い。通常ならばこんな物言いが許されるはずはない。だが亜縣妃は少しばかり特殊な佳人だった。彼女の父親の文廉（ブンレン）は副都阪杏（ハンキョウ）の都守（としゅ）であり、皇帝の母方の縁戚なのだ。

本来なら四后に入って当然なのだが、年齢が高いことと政治的な配慮（人格の問題とも噂されているが……）で佳人の座に収まっている。本人はそれが不満で仕方ないのだろう。

苑恵后はぶるぶると震え出した。怒りのためではなく悲しみと恐怖のせいだ。高い櫓から放り出された記憶、間近で潰れた侍女の死体を見た経験が、彼女の胸を押しつぶそうとしている。

「……苑恵后、しっかりなさい」

陽湖は自分の腕の中で震える后の耳に囁きかけた。

「私が今簪を取り戻してあげよう」

「……え……？」

涙に濡れた大きな瞳で后が見上げる。陽湖は苑恵后にニコリと微笑むと、甜花に「さきほどの菓子は残っているか」と聞いた。

「はい、ここに」

甜花が差し出すとそれを胸元に入れる。そのあと帆を張っている柱に近づいた。なにをするのだろうと見守っている人々の前で、陽湖はいきなり長下衣(スカート)をびりびりと裾から腰の下まで一気に裂いた。

「よ、陽湖さま」

あわてて甜花が駆け寄ったときには、陽湖はもう柱に取り付いていた。下がっている縄をつかんでするすると太い柱に上ってゆく。白く美しい脚が人々の目を射る。後宮の女たちばかりでなく、警備の兵も、船人足たちも、驚いたのか見惚れているのか、誰も声をあげなかった。

帆を張っている横柱まで取り付くと、陽湖はそこに立って、「ピュイピュイ」と口笛を吹いた。下で見ている方が恐怖で凍り付く。苑恵后などはへたへたとしゃがみこんでしまった。

陽湖の伸ばした指の先に鳥たちが寄ってくる。陽湖はそれらを手で払っていたが、やがてキラキラしたものをくわえたカモメが飛んできた。

「ピュイピューイ」

陽湖が招くように腕を振る。カモメは陽湖の周りを様子を窺いながら飛び回った。

「いい子だ」

陽湖は胸元にしまっていた菓子を取り出し、カモメに見せびらかした。

「ほぉら、交換だ」

カモメは陽湖の腕に止まると捧げるようにくちばしをつきだした。陽湖はカモメから簪を受け取り、代わりに菓子を口の中に放り込んでやる。

カモメが満足げに白い翼を広げて飛び立った。

「苑恵后――」

陽湖は簪を手にして呼びかけた。

「取り戻したぞ」

「ああ、陽湖さま！」

柱の下で苑恵后が泣きながら声をあげた。わあっと他のものたちも歓声をあげる。

「ありがとうございます！」

陽湖の周りを鳥たちが飛び回る。陽湖は風に髪をなびかせ鳥たちに応えるように歌いだした。

その声が船にいる人々に届く。夏を呼ぶ歌だ。水の恵みと風の歌。

下で紅天も合わせて歌い出した。曲を知っているものが声をそろえ、演奏できるものが楽器を鳴らした。

船が歌声に包まれる。

甜花は歌を知らなかったので手を叩いて拍子をとった。

（あれ……）

いつのまにか第五座の亜縣妃の姿が見えない。

だがそんなことも陽気な歌声ですぐに気にならなくなった。

船は歌声と笑いに包まれて悠々と進んでゆく。

二

空がほんのりと光を落とし、夕暮れに近づいてきた頃、船は目的地に到着した。

妃たちと使用人たちがぞろぞろと船を降り、列を作って森の中を進む。

「あっ、見てください！　虹尾鸚鵡（にじおおうむ）ですよ」

甜花は木の梢を見上げ声をあげた。長い尾を揺らす大きな鳥がこちらを見下ろしている。

「今木に登っていったのはテンかしら。キシキシの声も聞こえますね、とても動物が豊富な森だわ」

甜花は楽しそうに目に付くものを陽湖に教えた。

「ずっと後宮にいると世界が広いことを忘れてしまいますね」

「久々の外出で楽しいだろう」

「ええ、前に海辺の村に行ったときは、もう冬に近くてあまり動物も見かけませんでしたね。やっぱり春は生き物たちが生き生きしてていいですね」

他の館の使用人たちも、珍しい草花や鳥や蝶を見て楽しそうにしている。彼女たちが歩きやすいように、森の下草は刈られ、目的地まで道が造られていた。

「一度の行楽のために自然にここまで手を入れるとはな。皇帝とはたいしたものだ」

陽湖は足の下の短い草の感触に呟く。

「人は自分たちが入り込むために他者を犠牲にすることをなんとも思わないらしい」

「でも陽湖さま。刈られた草も一ヶ月もすれば元に戻ります。結局人は自然の力にはかないません」

　陽湖の美しい眉がくもったのを見て、甜花はつい声をあげてしまった。

「わたしは祖父と旅した地で、大きな石像が緑に埋もれ根で割られ動物たちの棲みかになっているのを見ました。どんなに隆盛を誇っても、人の命や文明は自然の中で滅んでいくんだなあと圧倒されました」

「ふむ。長い目で見ればそうかもしれんな」

　陽湖はニコリと笑う。機嫌が直ったのを見て甜花はほっとした。皇帝のしたことに悪い印象を持ってもらいたくなかったのでつい言ってしまったが、本来は甜花も人が自然に手を加えるのは好きではない。

（この道は璃英さまが、というより内省の方々が、だとは思うけど）

　頭上も妃たちの結い上げた髪がひっかかりそうな高さの枝は切り落とされている。ここまではやりすぎだと思った。

　目的の鏡湖に到着した。ほぼ円形の湖はそれほど大きくはないが、驚くほどの透明度で底がくっきりと見えた。小さな魚が岸辺に群れ、向こう岸では鹿が前脚を広げて水を飲んでいる。

　ほとりにはすでにいくつもの天幕が張られていた。天幕の数は全部で一五。皇帝と一三人の妃たち、あとは警備の兵のものだと聞いた。雑用人たちは食事の支度や後片づけが終わったら船に戻ることになっている。

甜花は天幕に荷物を入れると湖の岸を歩いて水辺にしゃがんだ。

「きれいな湖」

そういえば陽湖がこの湖でいい経験ができると言っていたがどういうことだろう。

甜花はしゃがんで湖の水に手を浸した。

「冷たい……」

すくって飲むと雪の味がした。


湖にそって散歩をしていると、船で会った翠梢の姿を見つけた。夕焼けの空を見つめて佇んでいる。

「翠梢さん」

呼びかけるとびくっと身をすくめ、おそるおそるというように振り向く。甜花の顔を見てはじめてほっとした表情になった。

「ええっと、甜花さん……」

「はい。お散歩ですか」

「いえ、それが……」

翠梢は小さくため息をついた。

「亜縣さまが花を摘んでこいとおっしゃって」

「花？」

甜花は周りを見回した。白い花、黄色い花、桃色の花、辺りは花だらけだ。

「こういうのではなくて……たぶん、もっと大きくて美しいもの……」

「どんな花とおっしゃったのですか？」

花の名ならよく知っている。名前がわかれば咲いている場所も見当がつく。

「それが、ただ花と言われて。でもこういう小さな花を持っていっても満足はされないわ。亜縣さまは……」

翠梢は悲しげに言って首を振った。

「どんな花も気に入らないの。きっと私に何度も森へ行かせるためのご命令なの」

「なんでそんなこと……」

言いかけて甜花は船の上での亜縣の態度を思い出した。第五座の妃は翠梢をいじめるためにやっているのだ。

「………」

翠梢の悲しげな顔に甜花はやるせない怒りを感じた。どんなに身分が高くても、理不尽に人を傷つけていいはずがない。甜花は翠梢の力になりたかった。そんな意地悪な第五座の夫人を見返してやりたい。

「わかりました」

きっぱりとした甜花の言葉に翠梢は「え？」と顔を上げた。

「亜縣さまがぐうの音も出ないような見事な花を探しましょう。わたしがお手伝いします！」


甜花は第九座の天幕に走って、陽湖に森の中で花を探したいと申し出た。第五座の話をすると陽湖はあきれた顔をした。

「他の座のことに関わることはないだろう」

「でも、翠梢さんがかわいそうです」

「もうじき晩ご飯だにゃ」

髪をとかしながら你亜も言う。

「花が見つからなかったら翠梢さんはご飯も食べられないんですよ」

「お人好しですこと」

白糸が冷たく言う。甜花はむうっと白糸を睨んだ。

「まあよい。甜々は優しい娘なのだ。だが晩飯までには戻ってこいよ。森はすぐに暗くなり道がわからなくなるからな」

「甜花、これを持っていくといいわ」

白糸がブエルを編むための糸をくれた。

「迷いそうになったら目印に使ってよろしいですわよ」

「白糸さん、いいんですか？」

「どうせ余り糸だからいいんですわ」

つん、と小さな鼻を高くあげて白糸が答えた。甜花はぺこりと頭をさげた。さっき睨んでしまって悪かったと反省する。

「甜花、これもお持ち」

銀流が水差しをくれる。

「花がしおれたら元も子もないであろう」

「あ、そうですね！」

甜花は糸と水差しを抱えた。応援してくれる第九座の人たちのためにも、立派な花を見つけてみせよう。

甜花は天幕を飛び出し、翠梢のもとへ走った。

「――待て、どこへ行く」

翠梢と一緒に森に入ろうとしたとき、低い声で呼び止められた。振り向くと針仲が怖い顔で立っている。

「第五座の夫人の命で花を探しに参ります」

甜花は怯えた様子の翠梢を背に庇って言った。

「こんな時間から森に入れば迷ってしまうぞ」

「大丈夫です、目印の糸も持っています。晩ご飯までには帰ります」

きっぱりと言う。針仲の眉間のしわがますます深くなった。

「第五座の夫人は――亜縣さまか」

「はい……」

翠梢が消え入りそうな声で答える。青ざめた彼女の顔になにか感じたのか、針仲は息をついた。

「森には猪がいるかもしれん。この時期の猪は子持ちで気が立っていて危険だ。俺が一緒に行こう」

「え、……?」

針仲はさっさと森に入ると甜花たちを振り向いた。

「早くしろ」

「は、はい」

甜花と翠梢はあわてて針仲のあとを追った。

(針仲さまって意外といい人……?)

革鎧に守られた大きな背中を見ながら甜花は思った。


森の中にもたくさんの花が咲いている。百合に桔梗、梔子にうつぎ……。甜花と翠梢は美しいと思った花をせっせと摘んでは水差しに入れた。

しかし内心ではどの花も平凡だろうとは思っている。

(なにかもっと、驚くような花はないかしら……)

手の届かない高い場所に咲いている花は、針仲が木に登って採ってくれた。

「もうそろそろ戻らないと……」

翠梢が暗くなる空を気にして言う。

「でももう少し探しましょう」

「いや、翠梢どのの言うとおりだ、もう戻ろう」

針仲が切り捨てる。甜花は唇をとがらせた。

「亜縣さまが絶対びっくりする花を探したいんです」

「そんな花はなかろう。あの方はどんなものを見ても満足されない。おまえたちも、これがただのいやがらせだと知っているのだろう」

身も蓋もない言い方をする。甜花は針仲を睨んだ。

「あの、もうほんとに。甜花さん、陽湖さまもきっと心配していらっしゃるわ」

「でも翠梢さん……」

ガサガサと背後の草むらが激しい音を立てる。すわ、猪かと針仲が甜花たちの前に立ちはだかった。

「………」

息を殺して草むらを見ていると、飛び出してきたのは白い兎だ。兎は人間たちを見て、驚いて跳ねてゆく。

「なあんだ……」

甜花は自分たちの様子がおかしくて笑ってしまった。

「笑っちゃいけないわ、甜花さん。用心するのはいいことよ」

翠梢も微笑みながらたしなめる。

「針仲さまがいてくださるから安心できるのですわ」

翠梢に見上げられ、針仲はふいと顔をそらした。少し照れているように見えたのは気のせいだろうか。

「では戻ろう」

針仲が背を向けたとき、いきなり茂みから大きな猪が飛び出した。針仲は甜花と翠梢を突き飛ばすと、目にも留まらぬ速さで刀を抜く。

甜花は頭上でガチン、という大きな音を聞いた。それから獣の咆哮、激しく動き回る足音――。

固く閉じていた目を開けると、猪の姿も針仲の姿も、もうなかった。

「翠梢さん、大丈夫ですか？」

うつぶせになっている翠梢に声をかけると、震えながら起きあがった。

「私は大丈夫……針仲さまは？」

甜花は地面を見た。草が強く踏みにじられている。獣が飛び出してきたのとは逆方向に続いていた。

「針仲さま！」

甜花は足跡を追った。それは途中で急に消えていた。

「針仲さま！」

そこからはすり鉢状のくぼみになっていたのだ。針仲と獣はここから落ちたらしい。覗き込むと倒れた獣とそのそばにうずくまる針仲の姿が見えた。

「針仲さま！　大丈夫ですか！　生きてますか！」

大声で叫ぶと針仲が振り仰ぎ「大丈夫だ」と手を振った。甜花と翠梢は安堵して顔を見合わせた。

「いいみやげができたぞ」

　針仲の声にまさかあの猪を担いで持っていくのか、と甜花はぎょっとした。針仲は腰に下げていた縄を取ると窪みの上の甜花たちに向かって投げた。

「縄の先を木に結びつけてくれ」

「はい」

　甜花と翠梢は大きな木を探してその幹に縄をしばった。念のため根元で縄を握る。

「針仲さま、大丈夫ですよ」

「今行く」

　縄がぴんと張り、針仲の体重がかかる。猪分の重さを予想していたが、さほど重くはなかった。

　やがて針仲の頭が見え、ひょいと全身が地上に現れた。

「針仲さま！」

「よかった、ご無事で！」

　駆けつけた甜花と翠梢の目の前に、ふわりと白い花が咲く。

「えっ」

「これは……」

　それは不思議な花だった。星形の五枚の花弁の先に白いレース細工のようなはかない飾り毛が広がり、百合にも似た甘い芳香を辺りに放っている。

「見たことがない花ですわ」

「カラスウリの花……」

それを手に取った甜花に針仲はそっけなく「下に咲いていた」と答える。

「この花は夜にしか咲かないんです、だからあまり見つけられない。まだ暗くなっていないのにこんなに開いているなんて」

「下は暗かったからな」

針仲は背に手を回し、帯に差した花をもう二本取り出した。

「俺は美しいと思ったが——どうかな」

「……美しいですわ」

翠梢がため息をつくように呟く。

「こんな珍しい、美しい花……それにこの甘い香り。これなら亜縣さまもきっと」

「そうか、よかった」

針仲はさらに一本、カラスウリの花を取り出した。

「これは——翠梢どのに」

遠慮がちな声で言う。

「あ、ありがとうございます」

翠梢は少し驚いたようだった。

「……あなたに似ている」

「まあ……」

翠梢は幻想的な花を両手で受け取り、白いうなじを垂れた。耳がほんのりと赤く染まっている。

なにあれ。針仲さまってば怖い顔なのにあんな真似ができるの？　と甜花は驚いた。

(でも針仲さまって、目つきが悪いのと顔の疵痕が怖そうに見えるだけで、顔の造り自体はそう悪くはないよね。強面なのに女性に優しいなんて、印象と違うのってなんだか素敵。じゃあわたしにもカラスウリを……)

と、甜花も期待して手を伸ばしたが、針仲はそれを無視して木に結んだ縄を回収し始めた。

(あれえ？)

甜花の行き場のない指は空気をかきまぜただけだった。

甜花と翠梢はカラスウリの花も含めた花でいっぱいの水差しを持って、足取り軽く第五座の天幕へ向かった。これなら絶対に亜縣妃が満足するだろうと甜花は確信を持っていた。

「翠梢さん、早く亜縣さまに差し上げてきてください」

「本当にありがとう、甜花さん」

翠梢は何度も礼を言い、第五座の天幕に入っていった。甜花も第九座に戻ろうと思ったが、結末が気になり、少しだけと第五座の天幕の横にしゃがみこんだ。

「夫人、花を摘んでまいりました」

聞き耳を立てると翠梢が花を差し出しているらしい声が聞こえた。天幕の中の女たちが「まあ」「きれい」と歓声をあげているのもわかる。

「珍しい花、なんの花なの?」

「カラ……いえ、玉章（タマズサ）という花です」

翠梢は甜花の教えたカラスウリの別名を答えた。カラスウリだといかにも野の花だが、玉章だと少し高尚に聞こえる。

「いかがでしょうか、夫人」

翠梢の遠慮がちな声。

それに対する亜縣妃の声は聞こえない。さすがのいじわる妃もこの花の美しさは認めざるを得ないだろう、と甜花は拳を握った。

「――気に入らぬ」

だが、響いた声はひどくとがっていた。

「おまえ、これは自分一人で探したわけじゃないだろう」

「え……」

「誰に助けてもらった、言ってごらん」

「それは……その……いいえ、私、一人で」

「嘘をお言い！」

ガシャンと何か固いものが割れる音。甜花はびくっと天幕からからだを離した。

「そのでしゃばりの名を言え、思い知らせてやる！」

「いいえ、いいえ！　私が探したんです、夫人のために……」

「おためごかしを！　おまえのその打ち据えられたような顔が気に喰わないのだ！」

翠梢の小さな悲鳴が聞こえた。甜花のからだが震える。怖さよりも怒りが勝った。

「わたしです！」

甜花はその勢いのまま第五座の天幕に飛び込んだ。

「わたしがお手伝いしました！」

「おまえは」

亜縣妃は天幕の中央に立っていた。その右手は翠梢の長い髪を摑んでいる。翠梢は床からからだを起こして甜花に驚いた目を向けた。

「甜花さん……」

「第五座の佳人さま」

甜花は亜縣妃の前に両膝をついた。

「翠梢さんは本当に一生懸命花を探したんです。嘘偽りございません。どうか、その気持ちをお汲みください」

「……おまえは第九座の下働きだったねえ」

亜縣は勢いよく手を振って翠梢の髪を放した。翠梢は叩きつけられるように床に突っ伏す。

「他の館におせっかいを焼くのは陽湖妃の教えなのかえ」

「陽湖さまは関係ありません！」

甜花は額を地面に擦りつけるようにして言った。

「わたしの判断です」

「だったらこうやって他の館の天幕に飛び込んでくる不作法も自分の判断だって言うんだね？　それならわらわがおまえを罰しても第九座は文句ないね」

「……っ」

甜花は唇を噛む。

「夫人、お願いです。罰は私が受けますから甜花さんを帰してください」

翠梢が泣きながら言う。甜花はその言葉をさえぎった。

「いいえ、不作法は事実です。罰はわたしが受けます、翠梢さんを許してください」

「だめです、甜花さん！」

「うるさい、二人とも平等に罰をくれてやる！」

亜縣妃が甜花に腕を伸ばそうとしたとき、天幕の入り口にさがっていた布が強い風に勢いよくめくれあがった。

「失礼、第五座の佳人どの」

みんなが風の勢いに目を閉じた一瞬後、天幕の内側に陽湖が立っていた。今の風にも陽湖の白銀の髪は一筋も乱れず、まっすぐに頭を上げて亜縣妃を見つめている。

「うちの下働きが迷子になったのか戻ってこなくてな。捜しにきたら声が聞こえたのでうっかり入ってしまった。どうやらこちらで見つけてくださっていたようだな」

陽湖は亜縣妃に艶然とした笑みを向ける。

「礼をせねばな。たしか第五座の佳人どのは花を所望されていたとか。この花では不足だろうか」

そう言いながら陽湖は亜縣妃に手を差し伸べた。蓮の花のように美しい手のひらに、眩しく輝く宝石が載っていた。真っ赤な紅玉（ルビー）の周囲に一六粒の虹色の金剛石（ダイヤモンド）を配した指輪だ。輪の部分に唐草の意匠が施してある。

「いかがだろうか。佳人どのの美しさの前ではこの花もくすんで見えようが」

陽湖はほんの一歩で亜縣妃と息のかかるほど近くに寄った。

「………」

亜縣妃の目と陽湖の湖色の目が絡み合う。しばしののち、亜縣妃はきゅっと赤い唇を吊り上げて、陽湖の手から指輪を取り上げた。

「このような美しい花をわらわにな。有難くいただこう」

「それはよかった」

陽湖は邪気のない笑みを浮かべ、亜縣妃に向かって優雅な一礼をする。

「では行こう、甜々」

「は、はい」

甜花はあわてて立ち上がると陽湖の長下衣（スカート）の裾を追った。


天幕を出ると陽湖が反転してぎゅっと甜花を抱きしめる。

「大丈夫だったか、甜々」

「は、はい。陽湖さま、ありがとうございます」

甜花は陽湖の豊満な胸の中で溺れながら答えた。

「でも大切な指輪をわたしなどのために……」

「なに、あんなものいくらでもある。気にしなくてよい」

陽湖は甜花の頭を撫でた。

「怖い目に遭ったな」

「………」

甜花は出てきた天幕を振り返った。

「どうして亜縣さまはあんなふうに……」

「あんな女のことなど口にするな」

陽湖の口調はぞっとするほど冷たかった。

「私の甜々に手を上げようとしたのだ。いずれ報いを味わわせてやる」

「よ、陽湖さま」

主人がいつだって本気なことを知っている甜花はあわてて首を振った。

「お気持ちだけでじゅうぶんです」

「ふむ……晩餐の支度ができたそうだ。うまいものを食って元気を出そう」

「はい――」

甜花は陽湖に抱きかかえられるようにして第五座の天幕を離れた。それでも甜花の心は天幕の中の翠梢に残り、足取りは重く鈍かった。

三

晩餐は天幕ではなく、月の輝く空の下で行われた。湖に向かって半円に広く布を壁のように張りめぐらせ、色鮮やかな毛氈が敷き詰められた。

松明が周囲を赤々と染め、その炎が湖に映ってさらに明るく輝く。

陣の中心には皇帝が座り、その周囲を着飾った妃たちが彩る。彼らの前には漆塗りの美しい膳が揃えられ、船で調理された料理が広げられた。

湖を背景に各座から技芸の名手が出て、歌い舞い、楽器を奏でる。第九座からはもちろん紅天が美しい歌声を披露した。

甜花たち、その他の使用人たちは交代で食事をとりながら、自分の夫人の近くに控えていた。

紅天の歌が終わると第五座から翠梢が進み出た。きれいに着飾っている。こんな場で自分の座のものを貶めるほどには亜縣妃が非常識でなくて、甜花はほっとした。

翠梢が歌い出した。船で聞いたときと同じ、しっとりとした美しい旋律だった。歌声は湖に広がり、その場を包み込むようだった。

ぴちょん、ぽちょん、と水が跳ねる音がした。歌に合の手を入れるように魚が水面を飛び跳ねているのだ。

（川のときと同じだわ）

甜花の他にもそれに気づくものが何人かいて、翠梢と湖を見比べていた。

歌が終わると拍手がわき起こる。皇帝が膝に手を置き、身を乗り出した。

「見事な歌であった。ところで歌の最中、湖で魚が跳ねていたが、偶然であろうか？　それとも翠梢どのの歌のせいだろうか？」

「それは……」

ひざまずいた翠梢はちらりと亜縣妃に目を向けた。

亜縣妃が得意げに言う。

「このものは龍神の巫女なのですよ、陛下」

「なので水や魚の祝福を受けているのです」

翠梢が龍神の巫女ということが気にくわなかったのに、皇帝の関心を得るためなら利用するのね、と甜花はあきれる。

「ほう、龍神の巫女か。いわれを話してもらえるか」

亜縣妃がうなずいたので翠梢は皇帝の前に座り直した。

「昔々の話でございます……」

翠河のほとりに小さな邑がありました。けれどあるとき隣の大きな邑に攻め込まれ、小さな邑は滅んでしまいそうになりました。

大きな邑の長は小さな邑で一番美しい娘を手籠めにしようと追いかけました。

娘は翠河に飛び込み、自分の命を捧げる代わりに邑を救ってくださいと、神に祈りを捧げました。

すると翠河から龍が現れ大水を岸辺に溢れさせました。水は大きな邑の村人を呑み込み、すべて魚にしてしまったのです。

娘は戻ってきませんでしたが、しばらくして葦の巣に乗った赤子が流れてきました。

赤子は娘の着物にくるまれていたので、邑人は龍と娘の子であろうと大切に育てることにしました。子供は成長して龍神を祀る巫女となりました。

それ以降、その邑は翠河が氾濫することもなく、豊かな漁場として栄えたのでございます。

語り終えた翠梢に皇帝は興味深そうな顔をした。

「おもしろい話であった。ということは、翠梢どのは龍の子孫でもあるわけだ」

「はい……」

龍の子孫にあるまじき気弱な声で翠梢が答える。

「でもそれは伝説、昔話でしょう？」

皇帝のそばから声があがった。第一后の金沙（キンシャ）后が少し不満げな顔をしている。那ノ国の左大臣の娘でもっとも正后に近いと言われていた。

「なにか証拠のようなものはあるの？　そうね、水の中で息ができるとか、雨を降らせることができるとか」

「それは……」

翠梢は地面に顔を伏せた。

「申し訳ありません、そういうことはできません。私はあくまでも巫女。人々の祈りを龍神さまに届け、龍神さまから恵みを受けるのみ」

「なんだ、つまらないのね」

年若い第一后はあからさまにがっかりした顔をした。

「それならなにか人と違ったことはありませんのぅ？」

第四后の美淑（ビシュク）后がゆったりとした口調で尋ねる。豊満な肉体を薄衣で包み、誰よりも扇情的な姿だ。

「龍のようにぃ……しっぽがあるとかウロコが生えているとかぁ」

そのとき翠梢のからだがびくりと震えた。翠梢は両手で自分のからだを抱くと激しく頭を振る。

「いいえいいえ、そんなことはちっとも！」

その様子は端から見ても少し異常なくらいの反応だった。美淑后は得たりとばかりに身を乗り出し、さらに言った。

「おやまあ、なにかお持ちのようねぇ。それなら見せていただきたいわぁ」

妃たちがさわさわとざわめきあう。そこに亜縣妃が声高に割って入った。

「なにをぐずぐずしているのだ、翠梢。龍の子孫の証拠があるのだろう？　なら陛下にお目にかけろ」

翠梢の顔に絶望の色が浮かんだ。しかし、それを救ったのは皇帝だった。

「他人が人の身体のことをおもしろがるのは那ノ国の后としてどうであろうな」

やんわりととがめると、后たちは扇の陰に顔を隠した。翠梢ははっとした顔をして皇帝を見た。皇帝は微笑んで軽くうなずく。その様子を見ていた亜縣妃は恐ろしい目つきで自分の召使を睨みつけた。

「翠梢どの、よい歌であった。もう戻って休むがいい」

「は、はい。ありがとうございます……」

翠梢は地面に額がつくほど頭を下げると、よろよろと立ってその場から姿を消した。

甜花はほっとして彼女の姿が闇に消えるのを見送った。

（陛下、ありがとうございます。翠梢さんを助けてくれて）

指を組んで皇帝を見つめると、目を上げた彼と視線が合った。そのとたん、昼間に船で話したときの璃英の目を思い出し、甜花はいたたまれない気持ちになって目をそらした。

（いたたまれないってなによ！）

なぜこんな思いをしてしまうのかわからず、甜花はかたくなに下を向いていた。

晩餐が終わり皇帝も妃たちも自分たちの天幕へ戻る。そのあと甜花たち館の使用人は後片づけに追われた。

もちろん船の雑用人や地元で雇ったものもいるが、各天幕から二、三人の下働きたちが出て、張られた幕を回収したり、膳を片づけたり掃除したりしていた。

ようやくその作業も終わって甜花が第九座の天幕へ戻ると、すでに寝床の用意ができていた。絨毯の上に直接敷布団を敷いただけの簡素なものだったが、清潔な布が四隅までぴっちりとかけられていた。

「甜々、今日は早めに寝るといい」

陽湖も早々と寝床へ横になっていたが、その場所は甜花の隣だった。嬉しそうに、ポンポンと布団を叩いて催促している。

「夜中に起こすのでな」

「はあ、あの……でも」

さすがに主人の隣で寝るのはどうなのだろう。

「普段甜々は使用人部屋に戻ってしまうからな。今日は楽しみにしていたのだ。さあ、早く床に入れ」

「ええっと、あのう……」

甜花は救いを求めて銀流や白糸に視線を飛ばした。だが二人とも目を合わせてくれない。你亜や紅天もすでに掛布を頭までかぶっていた。

「陽湖さま、下働きが夫人のそばで寝るのはあまりにも申し訳なく……」

仕方なく自分で言ったが、陽湖は目を丸くして首を振った。

「なにが申し訳ないだ！　私がどれほどこのときを楽しみにしていたことか！　下働きも一緒の天幕に寝ていいと聞いたときは、あの男を親愛なる皇帝陛下と呼んでもいいと思ったくらいだぞ！」

いや、普通にそう呼びましょうよ、と甜花は心の中でつっこむ。

しかしどうしても陽湖に譲る気はないらしく、甜花はしぶしぶ寝床の中に入った。

「ふっふっふ」

陽湖は嬉しそうに笑い、甜花に身を寄せてくる。くるりと抱き込まれ、顔が胸に埋まってしまった。

「よ、陽湖さまぁ」

「うむうむ。遠慮せず私の腕の中で眠るがいい。そうだ、子守歌を歌ってやろうか。昔はよく歌ったものだ」

「いえ、あの……」

「まあ黙って聞け」

陽湖は甜花の肩に手を置き、軽く叩き始めた。赤い唇から低く穏やかな声が流れる。

「ねんねんねぬこはやまのうえ
あかいみとってたべましょか……」

（あれ……？）

甜花はその歌をどこかで聞いたことがあると思った。

「ねんねんねぬこはもりのなか
あおいみもいでたべましょか……」

ゆっくりとした旋律が心地よく耳の中に入り込んでくる。そこからからだの中に広がってじんわりと足先を温める。

「ねんねんねぬこははなのなか
はなのみつなめてみましょうか……」

誰かに歌ってもらったのだろうか……おじいちゃん……？　隣のおばさん……？　それとも……。

（ようこ……さま……？）

すう、と甜花の息が深くなる。自分の肩に顔を寄せて眠る少女を見つめ、陽湖は唇に優しい笑みを浮かべた。

「甜々……私のたった一人の娘……」

頭に置いていた手を頭に滑らせる。

「大きくなったな……本当に人は生き急ぐものだ……」

深く眠っていた場所からそっと揺り動かされた。誰か懐かしい人に抱かれている夢を見ていたのに。

「甜々」

このふわふわした優しい温かな場所から抜け出したくない……でも、陽湖さまが呼んでる……と、甜花は重い瞼を懸命に開けた。

「すまんな。よく眠っているから起こすのはかわいそうだと思ったのだが、どうしても見せたいものがあってな」

目の前に陽湖の白い顔があって、甜花は自分がいる場所が一瞬わからなかった。

「……えっと」

ようやく天幕の中、陽湖の隣で寝ていたのだと思い出す。

「はい、大丈夫です。起きました」

甜花はそう言って身を起こした。天幕の中は真っ暗で、他の誰も起きている気配はない。

「足元に注意して外へ出ろ。外のほうが明るい」

陽湖に腕を引かれ、甜花はそろそろと天幕を出た。

「わあ……ッ」

真上に大きな月が輝いている。あまりに光が強すぎて星が見えないくらいだ。

「この時期、月はここで一番大きく見えるのだ。灯りがいらないくらいだろう」

陽湖の白い顔もはっきりと見える。

「陽湖さまが見せたかったというのはこの月ですか？」

「いや、違う。さあ、湖へ行こう」

甜花は陽湖と手をつないだまま湖へと向かった。月明かりのおかげで足元が不安なことはなかったが、陽湖の手が優しくて離したくなかったのだ。

湖に着くと月が水面にその姿を映していた。

「もうじき月が湖の真上に来る。もうしばらく待て」

鏡湖の名の通り、湖は月を美しく映し返していた。湖に映る月がじょじょに中央に移動する。

「そら——月が真上に来る。ほら、今だ、今だ……」

ちょうど湖の中央に月の姿が映った。そのときだった。月と湖の月の間に、ぱあっと一本の金色の柱が現れた。

上から伸びたのか下から伸びたのかわからない。それは月の光と同じ色のまぶしい光の柱だった。

「これは……」

「甜々、よく見ろ。光の中だ」

「え……っ」

甜花は目をぱちぱちと何度も瞬かせた。光の柱の中に誰かの姿が見える。

「あれは……あれは……」

白い髪、白い髭、いつも着ていた緑色の着物……愛用の杖……。

「うそ……ほんとに……」

その人は光の中で甜花に向かって微笑んだ。

「甜々……」

「おじいちゃん……」

甜花は足を踏み出した。ぱしゃりと冷たい水を感じる。陽湖が甜花の肩をつかんだ。

「近寄ってはいけない」

甜花は陽湖を見上げ、光の中の祖父を見た。

「この湖では満月の夜にこうやって月の柱が降りる。その中に人は会いたい人の姿を見、話しができるのだ」

「おじいちゃん……」

甜花は手を差し伸べた。祖父の士暮は甜花に向かって軽くうなずく。

「元気そうだな、甜々」

「うん……」

甜花の目に涙が浮かんだ。だが涙で愛する祖父の姿が見えなくなるのがいやで、拳で涙をぬぐう。

「元気だよ、元気でやってるよ！」

「いつもおまえを見ていたよ。毎日がんばっているね」

「おじいちゃん……あのね、今度図書宮の蘇芳さまにおじいちゃんの蔵書を見てもらえることになったんだよ」

「ほう」

「きっとおじいちゃんの本、全部図書宮に引き取ってもらえるよ！」

甜花が自慢げに言うと士暮は嬉しそうにうなずいた。

「望みがひとつ叶ったよ、だから次はもうひとつの——わたしが書仕になっておじいちゃんの本の管理をする夢、それを叶えるよ」

「そうか」

「おじいちゃん、わたし、がんばってるよ、がんばってるから……っ」

我慢していたのに目の縁が熱くなるのは止められない。

「うん、うん、……甜々。さすがはわしの孫じゃ。自慢の孫じゃ……じゃがな、わしのことはもう十分じゃから……おまえ自身の幸せを考えるのじゃ……」

「わたしのしあわせ？」

「そうじゃ……。自分の幸せを見つけるのじゃ……」

「おじいちゃん……」

士暮の姿が薄くなってゆく。光の柱が細くなってゆく。

「待って、まだ行かないで！　もっと話したいことがあるの！　たくさんあるの！」

「甜々……いつもおまえを思っているよ。わしの大切な、愛しい甜々……」

「おじいちゃん！」

光の柱が線になり糸になり、やがて——消えた。月は湖の真上から逸れてしまった。

「おじいちゃん……」

ばしゃん、と甜花は湖の岸辺に膝をついた。寄せた波が足を濡らしてゆく。その冷たさが現実だと教えた。我慢していた涙がぼろぼろとこぼれ落ちる。

「甜々」

陽湖が甜花の両肩に手をかけ、立ち上がらせる。

「さあ、天幕に戻ろう。上も下も水浸しだ」

「陽湖さま……」

甜花は嗚咽を堪えて肩を震わせた。

「おじいちゃんが、おじいちゃんが……」

「うん。よかったな、会えて」

「おじいちゃんがあああ」

もう我慢できなかった。甜花は陽湖の胸にしがみついて泣いた。会えた喜び、再びの別れの悲しみ。思いが溢れて言葉にならない。

「よしよし」

陽湖は甜花を抱きしめて頭を撫でた。好きなだけ泣かせてやる。

どのくらい時間が経ったのか、月はもうほとんど湖から逸れていた。甜花はしゃくりあげしゃくりあげ、ようやく泣き止んだ。

「すみません……わたし、子供みたいに」

「大丈夫だ。ほら、向こうにも子供のようなものがいる」

えっと顔を上げると湖の反対側に誰かもう一人いた。顔ははっきりしなかったが、体つきや衣装から男性であることが見てとれた。

「あれは……」

「あいつも会いたいものがいるようだからな、声をかけておいた」

璃英さまだ、と甜花にはわかった。陽湖がわざわざ伝えるなら他にいないだろう。

「璃英さま……」

陛下は誰に会ったのだろう。紅駁病封じの神として祀られている母上にだろうか、それとも兄上にだろうか。

甜花はぺこりと頭をさげた。璃英にはわからなかったかもしれないが。

「さあ、天幕へ戻ろう」

「はい」

陽湖に肩を抱かれ、甜花は草地を踏み締めた。最後にもう一度湖を振り返ったが、水は深く暗い夜を映し出しているだけだった。

翌朝、朝食をとっていると、天幕の外であわただしく人が行き来する気配があった。外へ出ると走ってゆく警備の兵たちの背中が見える。

「なにかあったのですか？」

甜花は外にいた別の館の下働きに声をかけた。下働きは小首をかしげると、

「よくわからないんだけど……誰かが行方不明になったんですって」と答えた。

「え？　誰が……」

そこへもう一人別の下働きが近寄ってきた。

「ねえ、聞いた？　第五座の召使がいなくなったんですって」

「第五座って……」

はっとする。翠梢は第五座の召使だ。

いやな予感に突き動かされ、甜花は第五座の天幕へ走った。入り口に飛び込もうとしたとき、中から女性が一人出てきた。服装から下働きだとわかる。

「あ、あの、」

下働きの彼女は甜花の顔を覚えていたらしい。

「ああ、昨日の……」

「あの、翠梢さんは？　翠梢さんはいますよね」

下働きは目をそらした。顔色が悪い。眠っていなかったのか目の下にうっすらとく

まができていた。

「翠梢さんは？」

悪感はますます大きくなる。

「翠梢さんは……いなくなったわ。天幕から出て行って戻ってきてないの」

「――え、……？」

下働きは甜花と目を合わせないまま天幕の中に戻った。

甜花は身を翻すと走り出した。この周辺で姿が見えないということは、背後の森の中に入ったのか。昨日、猪が飛び出してきた危険な森の中に。

「甜々！」

紅天が追ってきて、あっという間に横に並んだ。

「どこへ行くの!?」

「翠梢さんがいなくなったんです！」

「だからって」

紅天が甜花に飛びつくようにして動きを止める。

「甜々が行ってどうするんだよ」

「だって、捜さないと！」

甜花は紅天を引きずって強引に進む。紅天はそれに足を踏ん張って抵抗した。

「兵隊さんたちが走っていくの見たよ、きっと捜してくれる」

「でも……っ」

「落ち着いて。甜々まで行方不明になったら陽湖さまが心配する」

「……ッ」

甜花は唇を噛んで立ち止まった。紅天が甜花の背を撫でてくれる。

「だけどどうして……翠梢さんがいなくなるなんて……」

甜花はうなだれて、紅天に腕を摑まれたまま湖の岸へ戻った。

天幕が並んでいるところまで来てはっとした。第五座の天幕の前に亜縣妃が立っている。その暗い目と出会ってしまった。

（まさか、また亜縣さまが無理難題を）

睨むように見つめていると、亜縣妃はふいと目をそらして天幕の中に入ってしまった。

「……っ」

思わず罵る言葉が口をついて出そうになるのを、手のひらで押さえて止める。どんな場合でも上位のものへ対しての悪口は禁じられている。

「――甜々、兵隊さんたちが戻ってきたよ」

紅天の声に頭を巡らせると、兵が五人、隊列を組んで戻ってきた。先頭は針仲だ。

残りの四人で緑色の布の袋を――ちょうど人が一人入っていそうな長方形の袋を運んでいる。

「――まさか」

甜花は針仲に走り寄った。

「針仲さん、その袋は!?　翠梢さんは？　翠梢さんじゃ……ないですよね？」

針仲は厳しい顔を向けた。いつものように怖い顔だったが、その目は激しい痛みをこらえているかのようだった。

「……あぁっ」

甜花は膝からくずおれた。その目の前を兵たちが足取りを乱さず歩いていった。

四

翠梢は森の中の崖から落ちたらしい。なぜ彼女が朝からそんな場所に行っていたのかはわからない。周りには赤い花が落ちていたというから、花を摘んでいたのかもしれない。

船は皇帝と一三人の妃たちとその使用人たち、そして翠梢の遺体を乗せて出航した。川を上って後宮へと戻るのだ。

風はちょうどよい具合に川上に向かって吹き、船底の漕ぎ手たちの歌う漕ぎ歌がかすかに船の中にも聞こえていた。

「どう考えてもおかしいですよ、翠梢さんが崖から落ちて死ぬなんて！」

甜花は船室で陽湖に訴えていた。

「わたしも針仲さまと残って翠梢さんが落ちたっていう現場を調べたかったです」

皇帝は翠梢の死について調べるため、針仲と数人の兵を湖に残した。なにか新事実がわかれば早船で駆けつけることになっている。

第五座の人間たちは今船の中で話を聴かれているという。だが亜縣妃を取り調べることはできない。彼女への尋問は後宮に戻ってから館吏官長が行うことになっていた。

「おまえが調べてなにかわかるのか？」

陽湖が当然の質問をして甜花は唇を噛んでうつむいた。

「……わたし、翠梢さんにお別れを言ってきていいですか？」

甜花は陽湖に許可をとり、翠梢の遺体が安置されている船底へ下りた。

漕ぎ手たちの歌声が壁を震わせながら響いてくる。船体を打つ水の音と混じって、水底で眠る巨大な生き物のうなりのようにも聞こえた。

船底はひどい湿気とよどんだ水の臭いがした。暗いから、と渡された手燭に火入れ石で火をつける。翠梢の遺体はさまざまな道具や食料品の入った袋と一緒に床に直に置かれていた。

「翠梢さん……」

近づいて照らすと緑色の袋の上に赤い花が一輪置いてあるのが見えた。崖下に倒れていた翠梢のからだのそばに赤い花が落ちていたというからそれかもしれない。

甜花はふと、この花を遺体の上に置いたのは針仲かもしれないと思った。翠梢は針仲から渡されたカラスウリの花をどうしただろう。

「翠梢さん……短い間だったけど知り合いになれて嬉しかったです」

遺体袋の横にしゃがんで甜花は翠梢のために指を組んだ。

(龍神の巫女が亡くなったら翠梢さんの故郷はどうなるのだろう。別の巫女がいるのかしら)

頭をたれ、翠梢とその郷のことを思い、甜花は長い祈りを捧げた。やがて顔を上げると床に置いた手燭を持ち上げた。

「あれ……」

手燭の蠟燭の光に、袋の上に置かれた花の花弁がきらりと光る。それは鉱物的な輝きだった。

「なにかしら」

甜花は蠟燭を花に近づけた。ほんの少しだが、花弁になにか光るものがついている。

「……これって」

花を手に取りよく見てみた。光るものの正体に気づき、寄せられた甜花の眉が大きく跳ね上がる。

「まさか」

甜花は手燭と花を床の上に置いた。そっと背後を窺うが、誰も下りてくる気配はない。

「翠梢さん、ごめんなさい」

甜花はそう呟くと、遺体袋の口に手をかけた。固く結ばれた麻紐をほどく。

祖父と旅した道中で人が死んだところには何度か遭遇した。祖父は薬の知識もあったので、病人の世話をしたこともあるのだ。

だから死体には慣れている……とはいえ、知人の死に顔を見るのはやはりつらい。

口をそっと開くとばさりと黒髪が溢れ出た。

甜花はごくりと息を呑み、勢いよく袋を開けた。

翠梢のきれいな顔があった。すでに、かすかな腐敗臭がある。遺体の表面はまだ変わりはないが、内臓が傷んでいるのだろう。怪我をしていればそれはもっと速くなる。

甜花は手燭をとり、翠梢の顔に近づけた。

「同じだ」

花と同じようにキラキラと光るものが翠梢の髪に少しついている。頭を触っていくと傷口に触れたのか、ぬるりとしたものが指についた。

「…………」

甜花は遺体袋を元に戻すと麻紐で口を固く結んだ。

(このままじゃいけない……陽湖さまに相談しよう)

甜花は翠梢の血のついた指を握り込んだ。

(翠梢さん、必ず真実を明らかにしますからね)

もう一度翠梢に頭を下げ、甜花は船底の階段を上がった。

船尾に出ると大勢の女性たちが船縁に並び、釣り竿を握っていた。きゃあきゃあと笑いさざめきながら釣りをしている。館の妃たちも楽しんでいるようだった。

「甜々」

舳先のほうに釣り竿を肩に担いだ陽湖が立っている。

「陽湖さま、これは」

「うん、気晴らしに釣りを提案してみた。苑恵后がのってくれてな、二人で遊んでいたら他のものたちもやりたいと言い出した。ならいっそ今日の昼飯は自分で釣った魚にしようということになったのだ」

　笑っている女性たちを見て、甜花の心は暗くすさむ。

「翠梢さんが亡くなったのに……」

「そう言うな。まあ待ってろ。おもしろいものが見られるぞ」

　陽湖はあごをしゃくった。その先に亜縣妃がいる。亜縣妃も楽しそうに笑って魚を釣り上げていた。

「あれあれ、ごらんなさいまし夫人。魚があのように飛び跳ねて」

「本当。夫人に釣ってもらいたいとねだっているようでございますよ」

　亜縣妃の取り巻きの侍女が囃し立てる。確かに亜縣妃の竿の周りに小魚が水面から飛び出しては川に落ちていた。

「ほっほほ、わらわには釣りの才能があったのかの」

　亜縣妃は上機嫌だ。そのうち、小さな魚だけでなく、大きな魚も飛び跳ねだした。それは跳ねる、という言葉では追いつかないほどに大きく跳躍し、なんと船の上にまで飛んできた。

「きゃあ、魚が」

「自分から上がってきましたよ！」

驚いている間に飛ぶ魚の数が増えてくる。

「あれは……カワトビだわ」

えらが翼のように長くなり、水面を滑空する種類の魚だ。まれに船の上にも飛んでくるというが。

「ちょっと、なにこれ」

カワトビの群の中に入ったのか、流線型の魚がどんどん飛びあがり、船の上に向かってくる。しかもただ一人、亜県妃に向かって。

「なんだこれは！　やめて！　誰か、誰かなんとかせぬか！」

亜県妃が手で顔を覆い、しゃがみ込む。その頭に、背に肩に、カワトビたちがものすごい勢いでぶつかってきた。明らかに亜県妃が狙われている。

「やめて！　助けて！」

亜県妃とその侍女たちが悲鳴をあげる。他の妃たちや使用人たちは呆然とそれを見ていた。

「你亜」

陽湖は船室からあがってきた你亜を呼んだ。你亜は大きく伸びをして亜県妃たちを見る。

「おいしそうにゃあ」

你亜は口元を拭ってそう言うと亜縣妃たちに駆け寄った。

「おさかな、おさかな」

歌うように言いながら目にも留まらぬ速さで両腕を振り回す。あっという間に魚たちが叩き落とされた。

「ほれほれほれ」

你亜は舞を舞うように回転し、飛び上がり、襲いかかる魚を撥ね除けていった。

「今のうちに部屋に戻るにゃ」

你亜の言葉に第五座の住人は転げるように船縁から離れ、部屋に下りていった。

「もう終わりかにゃ」

你亜は船縁から乗り出すようにして川面を見た。魚はまだ何匹か跳ねてはいたが、船の上まで飛んでくるものはいないようだった。

「たくさん獲れたにゃあ。これは今日のお昼ごはんにゃ」

你亜は嬉しそうに魚を集める。雑用人たちが大急ぎでざるやかごを持ってきてくれた。それに床に落ちた魚をどんどん入れてゆく。

「今のはなんだったんでしょう」

驚いたままの甜花に陽湖はニヤニヤしてみせる。

「分不相応なものを持っているからだよ」

「分不相応なもの……？」

「昼飯の頃にもっとおもしろいものが見られるだろう」

陽湖の笑みはどこか怖いくらい美しかった。


部屋に戻った甜花は、翠梢の遺体に付いていたものについて陽湖に話した。

「キラキラしたもの？　なんだそれは」

「たぶん、亜縣妃さまのお使いになっていた化粧品だと思うんです。行きの船で顔やからだに使ってらっしゃいました。雲母(キララ)や青金石(ラスピラズリ)を細かく砕いたもので、化粧や日焼け止めに使います」

甜花自身は使ったことがなかったが、知識として知っていた。

「それが翠梢さんの髪についていたということは、翠梢さんが亡くなった場所が崖ではなく、第五座の天幕の中かもしれない、ということです」

「つまり翠梢は天幕で死んだと」

「あるいは……」

甜花はそのあとを言わなかった。いくらなんでも――。

「あるいは殺されたか」

しかし銀流があっさりと言ってしまう。

「警備の兵たちもざっと調べておるであろう。絞殺、刺殺なら証拠が残る」

「毒殺なら後宮に戻った後、医司が調べればわかりますわね」

白糸も話に加わった。

「あとは撲殺か。これなら崖下へ投げ捨てればごまかせる」

陽湖が赤く塗った爪で同じ色の唇をなぞる。

「針仲が現場に残って調べると言っていたな。第五座の天幕跡で同じものが見つかれば証拠になるだろう」

「はい、わたしもそう思います」

針仲は見落とさない。きっと証拠を持ち帰ってくれる、と甜花は信じていた。

「おそらく翠梢の死は第五座のものにとっても予想外だったと思う」

陽湖は「え？」と見上げる甜花に、うなずいて言った。

「翠梢が死んで大慌てで天幕から出して崖下に捨てたのだろう。少しでも余裕があればそんな証拠を髪に残したままにしたりはせぬ」

冷酷な言い方だったが確かにそうかもしれないと甜花は思った。

「それに赤い花も……投げ捨てたあとさすがに心が痛んで供養のつもりで捧げたのだろう。まあそれをしたのが夫人でないことだけは確かだが。汚れ仕事はいつも下働きだろうからな」

甜花は第五座の天幕の入り口で会った下働きの少女を思い出していた。ひどく顔色の悪い、おどおどとした少女だった。もしかしたら彼女が翠梢の遺体の始末を命じられたのかもしれない。

「甜々、どこへ行く」

陽湖が立ち上がった甜花を見上げて言った。

「わたし、第五座の下働きの方と話してきます」

「まあ待て」

陽湖は甜花の手を握った。

「そんなことをしなくてもじきに真実が見えてくる。もう少し待て」

「でも……」

「とにかく昼飯まで待て」

そういえば陽湖さまは昼食の頃におもしろいものが見られるとおっしゃっていた……。

甜花はしぶしぶ腰をおろした。

「いい子だ、甜々。おまえの怒り、翠梢の無念、きっとこの川が晴らしてくれるさ」

謎のような陽湖の言葉に甜花は首をひねるばかりだった。

やがて昼食の銅鑼（どら）が船の上で鳴り響いた。船尾に緋色の毛氈が敷かれ、皇帝や妃たちがその上に座る。それぞれの前に膳が並んだ。

今回、召使以下の使用人たちは参加していない。船中の部屋で昼食をとるようにと言われていた。侍女たちだけが妃の用事を果たすため背後に控えていた。

陽湖の後ろには甜花がいた。本来は銀流の役目だが、陽湖が言う「おもしろいもの」を見届ける役目として、白糸の化粧で侍女の振りをしている。

匂い立つように美しい侍女たちの間で甜花は身をすくめるようにして座っていた。皇帝は気づいているようで、時折ちらりと笑い出しそうな視線を向けてくる。

昼食の膳が進んでいくと、やがて揚げた魚が大皿に山盛りで出てきた。

「これは昼前にそなたたちが釣った魚だ。全部まとめて揚げてしまったのでどれを誰が釣ったのかはわからないが、自分たちの成果だと思って食べてくれ」

皇帝が陽気な声で言った。本来こんなことではしゃがない方なのに、と甜花は不思議に思う。

妃たちは明るい様子の皇帝に水を差すまいとしたのか、楽しげに侍女に魚を取ってもらっていた。第五座の亜縣妃はさすがにいやそうな顔をしたが、皇帝の前で拒否することもできず、ほんの一匹、皿に取らせた。

「では、いただこう」

皇帝が箸で魚を取ってかぶりつく。それを合図に妃たちも魚を口に入れた。

「うまいな」

陽湖が驚いたように声をあげる。

「なあ、これはうまいぞ」

そう言って左右の妃を見る。言われたほうも「本当に」「おいしいですわ」と明るい声をあげた。

「おいしい、おいしい」と言いながら全員が食べるのを見ていた亜縣妃は摘まんだ魚をおそるおそる口に入れた。

「……」

亜縣妃の表情が変わる。目を見開き、口元が緩んだ。

「どうです、亜縣さま。うまいでしょう」

その表情に陽湖が声をかけた。亜縣妃は呼びかけたのが陽湖と気づかなかったのか、こくこくと頭を動かして侍女に「魚をもっと」と命じた。

ごそりと魚が皿の上に載る。

「おいしい、おいしいわ」

亜縣妃が夢中な様子で箸を動かす。

「おいしい、おいしい……もっとちょうだい」

本当に咀嚼しているのかという勢いで飲み込んでゆく。

「なんておいしいの……もっと取って。ああ、もどかしい！」

亜縣妃はそう叫ぶと、侍女を押しのけて自分で揚げた魚の前に寄った。ギラギラとした目で山盛りの魚を見つめる。

「……っ」

亜縣妃は腕を伸ばすとそのまま手づかみで魚を漁（あさ）った。

「あ、亜縣さま……」

五座の侍女が仰天して声をあげた。他の妃たちも驚いて目を瞠っている。

「おいしい……おいしい……っ！」

亜縣妃は両手で魚を摑み、ばりばりとむさぼっていた。皇帝はとがめなかった。黙ってその様子を見ている。いや、指になにかを持ち、それを透かすようにして見ていた。

「よ、陽湖さま、これは」

「甜々、これを持ってその間から亜縣妃を見てごらん」

陽湖が甜花に渡したのは白銀に光る二本の毛だった。

「これは?」

「狐の尾の毛だ。それを通すとときどき真実が見える」

甜花は毛を二本指に挟み、その間から亜縣妃を見た。

「ああっ!」

そこに見えたのはおぞましい姿だった。亜縣妃の全身に魚が食らいつき、その腕を手を足を顔を貪っている。目にも耳にも魚が入り込み、奥へと奥へと尾を動かし潜り込んでいる。亜縣妃は皮膚も肉も食われて半分骨の姿になっているのだ。

「こ、これは」

思わず璃英を見た。璃英も甜花の視線を受けうなずく。彼もまた狐の毛を持っているのだ。

「もう少しよく見てみろ」

甜花の横で陽湖が囁いた。恐ろしかったが甜花は再び見た。すると骨になっている亜縣妃の背後になにかの姿がぼんやり見える。

瞬きしてよく見ると、魚の顔をした人間のようだった。それが亜縣妃の腕を取り、揚げ魚を摑ませ口の中に押し込んでいるのだ。半分骨の亜縣妃は「やめて、たすけて」と泣き叫んでいる。だが毛を外すと「おいしいおいしい」と夢中で貪っている姿しか見えなかった。

「さて、頃合いか」

陽湖は魚を貪っている亜縣妃の横に並んでしゃがんだ。

「亜縣妃、あれはどこにあるのだ？」

「あ、あれ……？」

口の中を魚でいっぱいにしながら亜縣妃は虚ろな目で答える。

「あなたが召使から奪ったものだよ。返さないとこのまま腹が破れるまで魚を食うことになるぞ」

「ああ、ああ……」

ぼろぼろと亜縣妃の目から涙がこぼれる。

「あれは、あれは、わらわの部屋の……宝飾箱の中だ……たすけて、たすけて……」

嚙み砕けなかった魚の頭が亜縣妃の口から溢れる。

「聞いたな。すぐに主人の宝飾箱の中から持ってこい。おまえも知っている筈だ」

陽湖は鋭い目で亜縣妃の侍女を見た。侍女は悲鳴をあげてその場から駆け出した。

亜縣妃の奇行は止まっていた。ふくれあがった腹をつきだし、はあはあと荒い呼吸をしている。他の妃たちはみな怯えた顔でその周りを取り囲んでいた。

やがて侍女が足音荒く駆け戻ってきた。

「こ、これです！」

陽湖はそれを受けとると璃英のほうに向けた。それは、虹色に輝く美しく大きな——ウロコだった。

「これをどこで手に入れた」

陽湖は厳しい声で侍女に言った。

「そ、それは——」

「言え。今更隠し立てしても無駄だ」

「それは……翠梢から奪ったものでございます！」

侍女はつっぷして号泣した。

「昨夜……夫人は翠梢が注目を集めたことにご立腹され、龍神の巫女の証を出すようにと……拒む翠梢を裸に剝いて、その腋の下にあったウロコを」

「はぎとったのか？　そのからだから」

「は、はいっ。そのあと翠梢がウロコを取り返そうと夫人に飛びかかり、夫人が翠梢を突き飛ばしました。そのとき、化粧台の角に頭をぶつけ、翠梢はそのまま——」

「やっぱり……殺したんですね」

甜花は呟いた。

「化粧台に頭をぶつけたからあの粉が髪についたのね。それであなたたちは翠梢さんを崖下に捨てたんだわ！」

「申し訳ありませんっ！　夫人の命令で……っ。本当に申し訳ありません！」

悲鳴のような甜花の声に、侍女は平伏して叫んだ。亜縣妃は虚ろな目のまま、揚げ魚の皿の前に座っている。

「……翠梢は真に龍神の巫女だったのだ。彼女は魚の加護を受けている。彼女が歌えば魚は喜び、彼女が死ねば魚は悲しむ。そして復讐しようと自らの命を犠牲にして船まで飛び跳ねた。亜縣妃に自分たちを食わせたのもその報復だ」

陽湖は輝くウロコを日差しにかざした。

「真実は日の下に明らかにされた。……もうやめておけ」

静かに宣言すると、亜縣妃のからだがどおっと倒れる。彼女の全身はなにかに噛まれたように赤くなっていた。

「骸骨にならないだけましだったな」

陽湖は倒れた妃を見て呟いた。

終

夕方近く、早船が川を上って皇帝の船に追いついた。船には針仲が乗っていた。

皇帝は甲板で亜縣妃、陽湖妃と一緒に針仲を待ち受けていた。

「ご報告いたします」

針仲は持ってきた証拠品を皇帝に献上した。それは黒檀でできたずっしりと重い化粧台だ。扉のついた丸い鏡が載り、引き出しがいくつもある。

台の角が大きく割れており、光る粉が表面のあちこちについていた。

「五座の天幕跡を調べましたところ、この化粧台についているものと同じ粉を、そして血痕も発見しました。この化粧台は五座の使用人が地元の人足に処分するようにと渡したものです」

針仲は割れた箇所を指さした。

「拭い取られていますが、ここに血がついていたことは処置薬で確かめました」

船遊びだというのに血液と反応して色が変わる薬品を持ってきていたらしい。

「そして翠梢どのの髪、また遺体があった崖の下、その上にも光る粉が落ちており、それは天幕の下にあったもの、化粧台についていた粉と同一でした。そのことから翠梢どのが亡くなられたのは第五座の天幕内、そして死因は頭部を強く打ってのことだと判断します」

「うむ、第五座の侍女の申したとおりだな。裏付けも証拠も出たというわけだ」

璃英は亜縣妃に向かった。

「後宮へ戻り次第、あなたを捕縛させていただく、亜縣どの。伯父上には申し訳ないが、厳罰は逃れられないと思っていただきたい」

亜縣妃は下を向いてぶつぶつとなにか呟いていた。いつも美しく結い上げている髪はざんばらと乱れ、豪華な衣装も魚の脂や汁で汚れている。

「後宮までもうじきです。部屋に戻られよ」

皇帝がそう言い、警備の兵が亜縣妃の腕をとろうとしたとき、

「きいえええええっ！」

彼女は突然奇声を発し、兵の手をふりほどいた。

「あっ、待て！」

兵たちが追いすがる前に、亜縣妃は船縁に走りより、そのまま川の中へ飛び込んでしまった。

「亜縣妃！」

針仲が駆け寄り飛び込もうと船縁に手を置いたとき、その肩を強く引かれた。

「無駄だ」

陽湖だった。陽湖の視線は針仲を見ず、川に向かっている。その視線を追った針仲は、流れの中に信じられないほど巨大なものの影を見た。それはあっという間に亜縣妃を呑み込むと、船の下を通って先へと消えてしまった。

「逆鱗に触れたものは生きてはいけない」

陽湖はそう言うと、懐に持っていたウロコを流れに放った。すぐに川面を埋め尽くすほどの魚が寄ってきた。激しく白いしぶきをあげながら、ウロコを追ってゆく。

「川に飛び込んだとしても簡単には楽になれぬぞ。あれの腹の中で生きながらゆっくりと溶かされてゆくがいい」

船は魚の群でまっくろに見える場所を離れ進んでゆく。船上の人間たちにはもう同じ流れにしか見えない。

「たいした船遊びになったな」

陽湖が皇帝の肩を軽く叩く。璃英はゆっくりと第九座の妃を振り向いた。

「翠梢の件では甜々を悲しませてしまったが、鏡湖で懐かしい人間に会えて喜んでいた。御身もそうか？」

「……ああ。教えてくれてありがとう」

「うむ。礼は考えておいてやる」

陽湖と璃英は船縁に並んで流れる景色を見ていた。夏のぬるい夜気を払うように、船は波を立てて進んでいった。

第四話　甜花、書仕になる

序

月夜に蛙の声が喧しい。庭に作られた池で鳴き交わしているのだろう。

その声に包まれた四阿で、男が二人ひそひそと話をしていた。

「宣修の処分はどうだ？」

老いた声が少し疲れたような調子で言う。

「宣修さまは璃英さま暗殺の企てにより塩泉の地へ送られました」

一本調子の冷たい声が答えた。

「島流しというわけか」

「塩泉の地は砂漠の向こうですからそうとも言えます」

「宣修が儂の名を出す虞はないか？」

老人の声が不安げに揺れる。

「今の宣修さまにとって御身は命綱。決して漏らすことはないでしょう」

相手が冷静に答え、それで安堵したのか老人は大きく息をついた。

「目障りな文廉も娘の亜縣のおかげで屋敷に引っ込んでいると聞く。邪魔ものがいなくなった今こそ好機だ。なんとしても璃英を亡き者にしたい」

「それには――やはり後宮内がようございましょう」

「しかし外部のものを入れるのはむずかしかろう」

「皇帝が心やすくしている妃を使うのです」

冷たい声に老いた声が驚いたように応える。

「あれにそんな女がいるのか？　後宮の女にはまったく興味がないようだったが」

「最近は第九座の佳人のもとによく渡っているようです」

「第九座の佳人というと……技芸大会で璃英を庇った女か」

老いた声が記憶を辿る。

「はい。話によると奇妙に魅力のある妃だそうで、紅駁病の原因を突き止めたり、蜂の襲来を自らの館を燃やすという暴挙で避けたり、先日の亜縣妃の罪を告発したりしたそうです」

冷たい声がすらすらと答える。後宮の中のことに通じていなければ知らないことだ。

「ほう。八面六臂の活躍だな。そんな女がこちらにつくか？」

蛙の声が一瞬止まり、不気味な静寂が流れた。

「人には誰しも弱みがあるもの。金であったり地位や名誉であったり美しさであったり……。なんとか第九座の佳人の弱みを握れれば……」

今まで一本調子だった声にはじめて感情らしきものがまじった。それは卑しい嘲りの調子だった。

「いいだろう……。その女の弱みを探る役目……儂の女にやらせてみよう」

「よろしいのですか？」

疑い深そうな声に老人の声が笑いで答えた。

「ああ。あの女は案外賢いのでな。人の秘密を探るのが得意なのだ……」

再び蛙が声高に鳴き始める。男たちの密談はその音の中に消えていった。

一

甜花は久しぶりに斉安市の下町、後宮に入る前に住んでいた地元に戻った。

かつては旅から旅への生活だったが、この町には祖父の自宅があり、最後の一年は病に伏した士暮の看病をしながらここで穏やかに過ごした。

後宮勤めのものは、最初の一年は近親者の病気や葬式以外は外へ出ることができない。しかし、今回は士暮の蔵書の確認ということで、図書宮の蘇芳や何人かの書仕とともに戻ったのだ。

「祖父の蔵書を預けている蔵はこちらです」

甜花は借りていた蔵の鍵を開け、書仕たちを中に入れた。床一面に行李が積み上げられている。中身はすべて書物だ。

「一応祖父が執筆したもの、購入したものとに分けてあります。あと、それらもさらに分けておきました。素人分類で申し訳ないのですが」

「ほう、なかなかやるな」

蘇芳や書仕たちはかたっぱしから行李を開け、中身を確認してゆく。そのたびに歓声があがった。

「蘇芳さま、『妖怪行路』がございますよ！　これって現存しないと言われてましたよね！」

「こ、こっちには『海峡記』があります！　なんてこと……っ」

「西域の本もけっこうありますね……なんと、この文字は太古のクアルガ文字で書かれていますよ、信じられない」

書仕たちは仕事も忘れて本に夢中だ。どうやら祖父が生涯かけて集めた本は、とても貴重なものであるらしい。

「これは素晴らしい。吾輩たちにとっては宝の山じゃ。もちろん士暮先生の本も貴重だ。皇宮を出られてから書かれた本を読めるとはありがたいことじゃ」

蘇芳は両手に何冊も抱えてそれらの本に頬ずりした。

「甜花水珂よ。とりあえずこの蔵の書物はすべて図書宮で引き取ろう。分類整理はそのあと時間を掛けて行う。修復が必要なものもありそうじゃしな」

「ありがとうございます！」

甜花は感激して蘇芳に頭を下げた。これで祖父との約束のひとつが果たせた。図書宮へ移せれば祖父が望んだように他の人々も読むことができる。

（おじいちゃん、よかったね。おじいちゃんの望みどおり、本たちが図書宮で保管されるよ）

甜花は胸の前で手を組んだ。祖父の満足そうに笑う顔が目に浮かぶ。

「甜々ちゃん！　甜々ちゃんじゃないの！」

蔵から書物を出していると、突然前方で甲高い声がした。目を上げると小太りの中年女性が棒を飲んだように突っ立っている。

「甜々ちゃん！」

女性は甜花と目が合ったとたんに、転がるように駆け寄ってきた。

「琴(キン)おばさん！」

琴は甜花に摑みかかって足を止めると慌ただしく頭やからだを触った。

「ああ、ほんとに甜々ちゃんだ！　元気だったかい？　大丈夫かい？　後宮でいじめられてないかい？」

「おばさん、おばさん」

甜花は笑いながら琴のからだをぎゅっと抱きしめた。

「お久しぶりです。わたしは元気ですよ。後宮でちゃんと働いています」

「ああ、そうなのかい？　あんたみたいな小さい子がねえ！　突然後宮に行くって聞いたからほんとびっくりしたよ！　でもしばらく見ない間に少し大きくなったみたいだね、無事でよかったよかった」

丸い顔に涙が伝っている。琴は住んでいた隣の家の未亡人で、よくご飯を作って持ってきてくれたり、繕いものをお願いしたりしていたのだ。

「これはいったいなにをやってるんだい？」

蔵から馬車へと次々と運ばれていく行李を見て、琴が目を丸くして聞く。

「おじいちゃんの蔵書を後宮の図書宮に納めてもらうんだよ」

「まあまあ、士暮先生の本をねえ！　やっぱり先生はえらいんだねえ！」

琴は涙をぬぐうとそばにいた蘇芳に頭をさげた。

「後宮のお偉いさんかね、あたしは琴って言うんだ。甜々ちゃんの隣に住んでたもんだよ。あたしが言うのもなんだけど、甜々ちゃんはほんとにしっかりもので賢い子だからね、これからもよろしくお願いしますよ」

「き、琴さん」

甜花はあわてて琴の腕を引いた。蘇芳は甜花の上司ではないし、褒められるのも気恥ずかしい。

「それにこの子のおじいちゃんにはこのへんのものはみんな世話になってたんだよ。金のない病人診てくれたり、役人と交渉してくれたり、子供に文字教えてくれたりさあ……ほんとに惜しい人を亡くしてしまったよ」

しかし琴が続けて言った祖父の話で甜花の腕の力も抜けた。そうだ、祖父は、偉大な智の巨人は、最後の人生を市井の人々に捧げたのだった。

「うむ、大丈夫ですぞ。甜花が賢くしっかりものであることは吾輩よくわかっておるでな。大船に乗ったつもりでお任せなさい」

蘇芳が力強く答えると、琴は顔をくしゃくしゃにして泣き笑いした。

「ああ、そうかい！　ありがとう、ありがとうねえ！」

琴は蘇芳の両手を握るとぶんぶんと振った。小柄な蘇芳が振り回されるんじゃないかと思う勢いだ。

そのあと甜花は琴と別れ馬車に乗ったが、何度振り向いても琴が手を振って見送っている姿が見えた。とうとう見えなくなるところまで甜花は手を振り続けた。

「よいご近所さんじゃな」

蘇芳は琴からもらった餡餅を膝の上に広げ、食べながら言った。

「はい、とっても」

久しぶりに会った人から祖父の話を聞けて嬉しかった。祖父は亡くなったがこうやって知識や感謝は残るのだ。

士暮の蔵書が図書宮に運ばれて以来、甜花の図書宮通いはますます頻繁になった。書物の修復方法を教わり、虫食いの穴を埋めるという小さな作業を手伝っている。士暮の蔵書に限って、という条件付きではあったが陽湖から許可も出ていた。書仕でもない甜花に図書宮の仕事をさせるのはどうなのかと眉をひそめる書仕もいたが、蘇芳が許可しているので表立って文句を言うものもいなかった。

甜花が図書宮の作業を終えて第九座に戻ってくると、陽湖の姿がない。

你亜は床の上で丸くなり、紅天は窓辺で歌を口ずさみ、白糸は編み物をしている。

「陽湖さまは四后の美淑さまのところにお呼ばれにゃあ。銀流も一緒にゃよ」

你亜が教えてくれた。

「美淑さま……、そういえばこの間も行ってらしたですね」

「うん。しょっちゅう誘いが来て、陽湖さまもよく行かれるんにゃ」

「へえ……」

甜花は四后を思い浮かべた。妖艶で肉感的な美しい方……。都の大商人の家の出で、以前は三后といがみあっていたこともある。陽湖と二人で並ぶと大輪の艶やかな花がこぼれ落ちるような印象だ。

「親しくなられた……お友達ということでしょうか？」

「お友達にゃあ？　あの后はちょっと匂うとおっしゃってたにゃ」

你亜はにいっと口を横に引いて笑う。

「匂う？　香のことですか？」

「うん、ずいぶんと変わった香を使ってるようにゃ」

意味深な笑みを片手でぬぐう真似をすると、そのまま顔を伏せて昼寝を始めた。

（陽湖さまに後宮でお友達……）

それはそれでいいことだろうが、今の你亜の表情が気にかかる。

「ちょっと甜花！」

隅でせっせとレースを編んでいた白糸が呼んだ。

「来てくださいましな」

「はい、なんでしょう」

そばによると頭の先から足の先までの長さを測られた。

「うん、まあいいですわね」

そう言うと白糸は甜花にふわりとレースのブエルを羽織らせた。

「わ、できあがったんですね」

甜花は繊細な泡のようなブエルに手を触れた。白糸が桃の花の時期からせっせと編んでいたものだ。

「でもこれ、どうなさるんですか」

「なによ、あんた下働きのくせに夏至(げし)の宴を知らないんですの？」

「夏至の宴？」

「お日様の出ている時間が一番長い日を夏至というのでしょう？　その祝いの宴よ。各館のものはお揃いの衣装でお祝いするのですわ」

「そういえば」

最近後宮の中が華やかだ。壁や柱に青い蔓花が巻き付けられ、小さな鈴が風にリンリンと鳴っている。図書宮にこもっていると時間の流れから切り離されているように感じるが、確かに夏至がもうすぐのはず。

「第九座ではみんなこのレースのブエルを身にまとうことにしたのですわ。うん、あと少し編み足せばいいですわね」

白糸はさっと甜花からレースをはぎとる。

「白糸さんが編んでくださるんですか？」

「他に誰が編むんですの？　紅天に編めるのは巣だけだし、你亜は糸を絡ませるだけ」

白糸のセリフに思わず笑ってしまう。確かにそうかもしれない。

「銀流さんもあれでけっこう不器用なんですわ。あんただって本の修繕くらいしかできないんでしょ」

おっと、こちらにお鉢が回ってきた。だが、甜花はその思いを顔に出さずに頭を下げた。

「ありがとうございます」

「べつにあんたのためにやってるわけではないですわ。第九座のためにやってるんですの」

白糸はツンとそっぽを向いてまた隅に戻った。

「甜々」

紅天がそっと服の袖を引くと、耳元でこっそり囁いた。

「白糸はあんなこと言ってるけど、甜々のブエルは陽湖さまのものの次に凝ってるんだよ。あとでうんと褒めてあげてね」

「……はい、わかってます」

甜花は笑って紅天に答えた。だが、その紅天は顔色が悪く、いつもの赤毛にも艶がなかった。

「紅天さん、なんだか具合が悪そう」

「ん？　大丈夫だよ……こないだ言ったけど郷患いなんだ」

紅天は窓の外の空を見た。遠くどこまでも続く青空の下の故郷を思っているのか。

「天涯山は今頃沙羅の花が満開で、山桃の実も熟れている頃だよなあ。帰りたいなあ」


日々が穏やかに過ぎ、いよいよ夏至の宴の日がやってきた。後宮の飾り付けもすっかり済んで、人々の気持ちも弾んでいるようだ。

下働きの黄仕たちはこの日のためにみな揃いの水色の上衣を着て、髪に花を飾っている。各房のものたちもその房の色の上衣だ。

館住みのものたちはその館で揃えた衣装で美しく装っている。

宴は夕刻から始まる。夏至の日だけ後宮の西の門に太陽が沈むので、それを見守り太陽への感謝を捧げるのだ。

夜になれば花灯籠に火が入り、花火があがって夜を徹しての宴となる。

花火は後宮の外からも見られるので、市内の人々も楽しみにしていた。

「甜花さん、甜花さん！」

図書宮へ行こうと庭を歩いていた甜花は、そちらのほうから青い肩絹をつけた書仕が駆けてくるのを見た。

「ああよかった。第九座へ行こうと思っていたのよ、ここで会えて助かりましたわ」

「はい、なにかご用ですか?」

顔に覚えのない書仕だったが、書仕は何人もいる。知らない人もまだいるだろうと甜花はその女性を見上げた。

「この間、士暮先生の蔵書を運んだではないですか。今、整理しているんですけど、中に一冊どうしても見つからないものがあるのです」

書仕は焦った様子で言った。

「え、どの本ですか?」

「全一二巻の『智金抄(ちきんしょう)』という本を覚えていますか?」

「はい。那ノ国の言葉を研究した本ですよね」

甜花は臙脂(えんじ)の地に金で箔押ししたその本を頭に思い浮かべた。

「実は六巻が見つからないのです」

「そんな……」

確かに一二巻、全部揃えて行李にいれたはずだ。

「運び出すときに一冊抜けたのではないかと。それで申し訳ないのですが、今から私と一緒に本が納められていた蔵へ行ってほしいんです」

「今からですか？」

驚いた。今日はこれから夏至の宴がある。そんな大事な日に一冊の本のために後宮の外へ出るなんて。

「『智金抄』は重要な本です。もし一冊だけ蔵に残されてそれが破損したり盗まれたりしたら大変です。取ってくるだけなら一限もかかりません。お願いします！」

「そうですね……」

甜花も本を愛するものの一人だ。蔵の中に一冊だけ残った本を想像するといてもたってもいられなくなった。

「わかりました、ご同行します」

「ありがとう！　じゃあすぐに西門へ向かいましょう」

甜花は書仕とともに西門へ走った。

書仕は書物や資料の購入のために後宮の外へ出る自由が与えられている。もちろん書司長からの認可証が必要だ。

甜花と書仕は門を出ると、折りよく通りかかった小型の馬車に乗り、通りを駆け抜けた。馬車の御者は日除けの黒い布をかぶっている。

「ほんとにごめんなさいね、甜花さん。私たちの不始末なのに。申し訳ないわね」

馬車の中で書仕は何度も謝った。

「いいんです、わたしも蔵を最後に見たときに気がつけばよかったんです」

すっかり空っぽになった蔵を見回して感慨に耽っていたから見落としてしまったのだろうか。『智金抄』はそれほど小さな本ではないはずなのにおかしなことだ。

「――甜花さん、私、病気の母親がいるんです」

書仕がうつむいて低い声を出した。

「お医司さまに見てもらうためにまとまったお金が必要で……」

「それは――大変ですね」

急に書仕が自分の身の上を語り出した。なぜ彼女がそんな話を始めたのかわからなかったが、母親の病気と聞いて甜花は同情した。

「それで……本当にごめんなさい。同じ本を愛する甜花さんにこんなことを」

「え？　いえ、大丈夫ですよ。蔵まで行くだけだし……」

「ほんとにほんとにごめんなさい」

書仕は泣いていた。泣きながら懐から小刀を出し、それを甜花に向けてくる。

「あ、あの……？」

「これで目隠しをして、そしたら両手を前に出して。ほんとにごめんなさい……」

書仕が黒い布を甜花に突きつけた。甜花は布を受け取ったが、わけがわからず書仕を見返す。

「どういうこと……」

「言うことを聞いてくれたら命は奪わないから……お願い、早くして」

書仕は泣いていたが目は動かず甜花を見つめている。小刀の先はまっすぐ甜花の喉を狙っていた。

（これって……）

甜花は自分がなにに巻き込まれているのかわからないまま、言う通りに目を布で覆った。

「甜々が戻ってこない」

第九座では陽湖がいらいらと部屋の中を歩き回っていた。銀流に伱亜、白糸、紅天たちは揃いのレースのブエルを身にまとっている。長椅子の上には甜花用のブエルがかけられていた。

「図書宮に本を戻しに行っただけではないのか？　なんだか胸がざわつく。いやな予感がする」

「陽湖さま、紅天が見てこようか？　ひとっ飛びだよ」

紅天が窓を開けて外を見ながら言う。

「そうだな、頼もうか……」

陽湖がそう言い掛けたとき、扉が外から叩かれた。

「戻ったか」

陽湖がほっとして自ら扉を開けると、そこには薄緑の蜻蛉の羽根のような領巾をまとった女性が立っていた。

「四后、美淑さまの使いでございます。陽湖さま、ぜひ美淑后の館までおいでくださいまし」

蜻蛉の領巾の女性は丁寧に頭を下げた。高く結い上げた髪の飾りがキラリと光る。

「あいにくだが今はそれどころではない」

陽湖は冷たい声で言って扉を閉めようとしたが、それより早く女性が手をかけて阻んだ。

「実はあなたさまの下働きの件でお話があると――我が夫人が申しております」

「なんだと……?」

陽湖は美しい眉を跳ね上げた。

「おいでいただけましょうか」

「陽湖さま」

背後で銀流たちが立ち上がる。全員が緊張した顔つきをしていた。

「……紅天、甜々を捜してくれ。おまえの友達にも手伝ってもらえ」

「お任せを」

紅天はさっとブエルを放り出すと窓枠に手をかけ、そのまま外へ飛び出していった。

「では、私は美淑后のところへ行く」

陽湖は外へ出ると後ろ手に扉を閉めた。


四后の館では、美淑后が大きな背もたれつきの椅子にゆったりと座って陽湖を待ちかまえていた。

「よくいらしてくださいましたわねえ」

美淑后は熟したすもものように赤い唇で微笑んだ。四后の館はそれで揃えるつもりか、彼女も薄緑の蜻蛉の領巾を肩に羽織っている。

「私の下働きのことで話があるそうだな」

「まあ、怖いお顔。陽湖さまぁ、わたしたち、何度もお話ししてお友達になったのではありませんの？」

「そうだな、何度も話しをしたな」

美淑后は陽湖に椅子を勧めたが、陽湖は腰を下ろさず四后の前に立ったままだった。

「そなたは私の故郷や家のこと、好きなものや嫌いなもの、これから先のことなどいろいろと聞いてこられたな」

「ええ、陽湖さまのことをよぉく知りたいと思いましてねぇ」

「それでなにがわかった」

「陽湖さまは……お金や財産、地位や名誉などにはほとんど興味をお持ちでないことがわかりましたわぁ。後宮の女にしては珍しいくらいにねぇ」

美淑后はゆらゆらと首を振る。白く長い首は白鳥のようだった。

「そうだな」

「でも、あなたの下働き……甜花ちゃんについてだけは大事に思っていらっしゃるようですわねぇ」

「甜々になにかしたら」

陽湖はずいと美淑后に詰め寄った。

「殺すぞ」

「おお、怖い怖い」

美淑后は怯えた振りをする。しかし扇に隠した口元が笑みを刻んでいることを陽湖は知っていた。

「大丈夫ですわぁ。陽湖さまがわたしたちのお願いをひとつだけ聞いてくだされば……すぐにお返しいたします」

「願いだと？」

「ええ、今宵の夏至の宴でやっていただきたいことがございますの……」

美淑后がパチンと扇を閉じる。陽湖は四后を恐ろしい目で睨みながら、片手の拳をきつく握った。

二

甜花は薄暗い部屋の中でじっと耳をすましていた。

布袋をかぶったまま馬車に揺られ、どこかで降ろされて歩かされた。周囲の物音から屋敷に入ったのだとわかった。そしてここへ連れてこられてようやく袋を取ってもらえた。

石造りの暗く殺風景な場所。窓は上部にひとつだけあり、そこから光が入ってくる。その光のおかげでここが物置のような場所とわかった。

（わたし、拐かされちゃったのかしら……でもどうして？）

あの書仕は病気の母親を助けるためむりやり手伝わされたのだろう。何度も甜花に謝っていた。

通りかかった馬車ももちろんグルだ。この屋敷のものもそうだろう。

(敵は幾人もいる？　この屋敷自体が誘拐犯のねぐらなの？　そんな大がかりなことをして、孤児のわたしを狙う理由なんて……)

はっとする。

(そうだわ、孤児なら親からお金は取れない。お金を出すとしたら主人――陽湖さま！)

陽湖さまにそんなご迷惑をおかけするわけにはいかない！

甜花はここから逃げ出すことを考えた。

さっきからずっと様子を窺っていたが、話し声も物音もしないので、周囲に人はいないようだ。

後ろ手に縛られた縄は固く、ほどけそうにない。

甜花はなんとか立ち上がると部屋の中を歩いてみた。

雑多なものが無造作に置かれている。タンスや壺や荷車、壊れた家具。

(やっぱり物置だわ)

甜花は壊れた家具をよく見てみた。ひび割れた机や脚が折れた椅子がある。

その椅子を後ろ手でひっくり返し、ギザギザと尖った断面に手首を縛っている縄を押し当てた。

（さらわれたからってメソメソなんてしてないんだから！）

折れた椅子の断面に何度も縄を擦り付け、繊維を一本ずつ切ってゆく。

（もう少し……）

息を詰めて作業に集中する。ときどき滑って縄ではなく手を擦ってしまったが、甜花は声をあげずに続けた。

「……っよし！」

どのくらいかかったかわからないが、なんとか縄が切れた。ずっと中腰で作業していたので腰が痛い。

甜花は腰に手を当てて伸ばしながら窓に近づいた。窓には二本の鉄の棒がはまっている。

「あそこから出るのはむずかしいかしら……」

見上げているとそこへ鳥が一羽飛んできた。雲雀のようだ。

雲雀は鉄棒の間から部屋の中へ舞い降り、甜花の周りをピイピイ鳴きながら飛び回った。

「だめよ、こんなところに入ってきたら」

甜花は雲雀を外へ出そうと手を振ったが、その手を避けて執拗にピイピイと鳴く。

だがやがて窓のほうへ戻っていった。

「いい子ね。空へ戻るのよ」

雲雀はしばらく窓の上をうろうろ歩いていたが、やがて鉄の棒の一本をくちばしでツンツンつつき始めた。

「なにをしてるの？　くちばしを痛めるわよ」

呼びかけて甜花は目を瞠った。鉄の棒は鳥がつつくたびに少し動いているように見えたのだ。

「もしかして」

甜花は部屋にあった家具や箱を窓の下に運ぶとそれに上った。小さい窓に見えたが甜花の頭が入るくらいの高さはある。

そこから覗くと目の高さに草が生えている。地面だ。この部屋は地下にあったのだ。

鳥がつついていた鉄の棒を握るとグラグラしている。甜花は棒を握って左右に振った。棒を固めていた漆喰(しっくい)がボロボロと剝がれてくる。

何度も振っているとようやく棒がぽろりと外れてくれた。

（やった！）

甜花は隙間から空を丸く飛んでいる雲雀を見上げた。

（ありがとう、もう一本試してみるわ）

後宮の西の広場には桟敷が作られている。門の正面の大きな桟敷は皇帝が座るためのものだ。そこから西の門に落ちる夕日を眺めることができる。

すでに一三人の后妃が揃い、皇帝を待っていた。それぞれ趣向をこらした衣装で装い、美しい。

四后の美淑は離れた場所に座る陽湖に目をやった。陽湖とその侍女は白いブエルを頭からかぶり、身じろぎもせずに座っている。表情は窺えなかった。

(本当に下働きなどのために動くかしら……)

美淑には信じられない。どんなに可愛がっているといっても所詮、身分の低い下働きだ。美淑が陽湖に頼んだ、いや、命じたことを実行すれば彼女自身の命が危ない。

(自分の命より下働きの――他人の命が大切なんて、そんなことありえません。陽湖さまが動くはずないでしょう……)

美淑が陽湖に命じたことはひとつだけ。宴の席で皇帝の杯にあるものを入れるようにと。

「毒か?」

とそのとき陽湖は聞いた。

「効果が出るのはずいぶんあとなのです。陽湖さまが疑われることはありませんわ」

美淑が差し出したのは指輪だった。指輪の石は薄いガラスでできていて、割れば中から液体が出てくる。

「では自分でやればいい」

陽湖は指輪を光にかざして言った。顔に表情はなく、美淑も陽湖がどんな感情を抑えているのか読めなかった。

「陽湖さまは陛下にとても信頼されているようですわぁ。あなたの杯ならきっと飲んでいただけると思いますの」

「あの男は死ぬのか？」

「知りませんわ。陽湖さまも知る必要はないことよ。ただ事が成ったあと、あなたとわたしが那ノ国でもっとも地位の高い女になっていることだけは確かですわぁ」

そう言ったとき、陽湖の瞳は風が渡る湖のように静かだった。彼女はすべてを受け入れたのだ。

(けれどやはり実行しないでしょうね)

美淑は彫像のようにじっと動かないブエル姿の陽湖を見つめた。

(それならばそれで彼女の指輪を暗殺の証拠としてみなの前で暴きましょう。陽湖さまはたちまち捕まって投獄されてしまう……おかわいそうに)

ジャンと銅鑼の音が夕暮れの空に響きわたった。美淑后はゆっくりと首を西の門に向ける。

門扉が開き輿に乗った皇帝が入ってきた。通常皇帝は南門から入るのだが、夏至の宴の日だけは遠回りして西門から入る。桟敷に咲く花たちがいっせいに身を伏せる。

皇帝の輿は門の正面まで進み、そこから若く美しい皇帝が降りてきた。

再び銅鑼の音が響く。次に入ってきたのは皇帝の縁戚だ。とはいえ、今日来ているのは先の皇帝――璃英の父の姉景永（ケイエイ）と、その夫で首都斉安の都守である義勝（ギショウ）だけだ。

門が閉ざされ、夕日が門の上にかかった。

立ち上がった璃英が太陽を称える祝い歌を述べる。

一年で一番日が長い夏至の日。宴の始まりだった。

甜花はずっともう一本の鉄棒を揺すっていた。漆喰は剝がれてくるが、思うように穴が広がらない。

「ん～～っ！」

ときどき休みながらもあきらめることなく棒を動かしていると、とうとう上のほうの根元がぼろっと崩れ落ちた。

「やった！」

甜花は小声で快哉を叫んだ。ずっと鉄棒を握っていた手は真っ赤になっている。両手を外へ出して地面の草を摑む。蛇のようにずるずると這って、ようやく小窓を抜けた。

「……陽湖さまのように胸やお尻が大きくなくてよかった……」

鉄の棒をもとのように戻すと、甜花は周りを見回した。屋敷の中だろうと思っていたが、やはりそうだ。塀に囲まれた大きな屋敷で、ここは裏庭のようだった。

日が陰っている。

ピイピイと雲雀が頭の上で舞っていた。

「ありがとう、あなたのおかげよ。もうねぐらへ戻らないと迷子になっちゃうわよ」

甜花がそう言うと、まるで言葉がわかっているかのように雲雀はまっすぐ赤い空に昇っていった。

「日が落ちる……夏至の宴には間に合わなかったわね」

白糸が編んでくれた白いブエルを身につけたかったのに。わたしがいなくてきっと白糸さんは怒っているわ。陽湖さまも心配なさっているに違いない。

「早く帰らなくちゃ……」

屋敷の人間に見つからないようにと、甜花はそろそろと庭の茂みに身を隠しながら進んでいった。

夕日が西の門に沈み、あたりが薄暗くなると花灯りに火が入った。ふくらんだつぼみの形をした灯籠があちこちで華やかに光を放つ。西の広場では黄仕たちが厨房から料理を運んできた。

たくさんの灯籠に飾られた広場はたいそう明るく、人々は楽しげに言葉を交わし酒を酌み交わし、笑い合っていた。

美淑はブエルをかぶったままの第九座の佳人を見やった。さっきから動きがない。もしかしたらあのブエルの下は陽湖ではないのだろうかという不安が頭をもたげる。

そういえば誰も確認していないのだ。

いや待て、二后の苑恵が、今、杯を持って近寄っていく。

「…………」

席が遠すぎて会話は聞こえない。しかしブエルの下から手が出て杯を受け取っていた。二后と話をしているなら陽湖のはずだ。

ブエルがめくられた。ちゃんとその下には陽湖の顔がある。指に光っているのは毒入りの指輪だろう。

美淑はほっとした。とりあえず約束は守ってこの場に参加しているようだ。

シャンシャンと広場の中央でかわいらしい金属の音がした。三后の館の舞手、辰砂(シンシャ)が踊り出したのだ。鈴のついた布を持ってくるくると回っている。

陽気な踊りにつれられて人々がいっそう盛んに動き出した。皇帝に酒を注ぎにいく妃もいる。

(さあ、陽湖さま。どうなさいます?)

美淑は舌の先でぺろりと赤い唇をなめた。

甜花はまだ屋敷にいた。塀にそって歩き、ようやく通用門まで着いたのだ。しかしそこには門番がいる。荷車などの出入りのためか、門は開いていた。

(どうしようか)

もしこの屋敷の人間すべてが悪人なら、門番に見つかるわけにはいかない。ありがたいことに門番は一人だけだ。彼が用事でもできて、どこかに行ってくれればいいのだが……。

「にゃあ」

甜花の背後で小さな声がした。振り向くと尾の長い猫が一匹、甜花の腿にからだをすり付けている。

「ああ、びっくりした。你亜さんかと思った」

猫は笑っているような顔でごろごろとのどを鳴らし、甜花の手に額を押しつける。

「ごめんね、今は遊べないの……わたし、この庭から出ていかなきゃいけないから」

甜花は猫ののどの下をかいてやった。

「どこか他で遊んでてね」

そう言うと猫はするりと甜花から離れ、門番のほうへ駆けていった。門番の足元で、にゃあにゃあと鳴く。

門番は最初無視していたが、猫が自分の背中に駆け上がったのではそういうわけにもいかない。

「こ、こら、降りろよ」

猫は背中から左の肩、右の肩へと移動する。ごろごろのどを鳴らして門番の顔に全身を擦り付けた。門番の顔がだらしなく緩む。

「しょうがないなあ、猫ちゃん……俺と遊びたいのかい？　仕事中なんだよ」

猫は「にゃあ」とかわいらしく鳴くと、門番のからだから飛び降りた。しっぽを揺らして屋敷のほうに歩いてゆく。ちらりと門番を振り返ると誘うように再び鳴いた。

「だめだよ、猫ちゃん。お屋敷に入っちゃぁ」

門番はだらしない笑みを浮かべて追いかけていった。

(いなくなった！　今だわ！)

甜花は立ち上がると一気に門まで走った。

(出られた！)

甜花は通りを左右に見回した。ここがどこかわからないが、馬車にはさほど長い時間乗っていなかった。市内であることは確かだ。

(なんとしても後宮へ、陽湖さまのもとへ戻らなければ……でもどっちへ？)

迷う甜花の頭上でピイピイと甲高い声がした。仰ぎ見ると高い木の梢で鳥――おそらくさっきの雲雀が鳴いている。

こっちだよ、と言われている気がした。

「わかったわ、どのみち当てなんかないんだから……」

甜花が雲雀に向かって走り出すと、鳥はぱっと飛び立った。甜花は雲雀のあとを追った。

沈んでしまった太陽の代わりに、明るく大きな月が煌々と広場を照らし出していた。

踊り手たちは長く伸びた自分たちの影と一緒に踊っている。どちらが影か本体か、わからなくなるほど入り乱れ、楽の音はいよいよ増して喝采や拍手も高らかに夜空に昇ってゆく。

美淑は二后の苑恵と話しながらも、チラチラと陽湖妃を窺っていた。

（やはり動かない……案外とつまらなかったこと。でもまあそのほうが人間らしいというもの。お金を積んだほうが効いたかしら。図書宮のあの書仕は小銭をちらつかせただけで、誘拐の片棒を引き受けたけれど）

美淑が軽くため息をついたとき、すうっと陽湖が立ち上がった。ブエルをかぶったまま、人々の間をすり抜けて広場へ進む。右手には侍女がかぶっていたブエルを下げていた。

（おや）

踊っている女たちの中に陽湖が交じった。かぶっていたブエルを取ると、二つのブエルを持ってゆっくりと踊り始める。それは今奏でられている音楽とは合っていない動きだった。

しかし女たちは陽湖が踊り始めると一人、また一人とその場から離れた。佳人が踊っているのだから当然だ。そして陽湖の踊りは楽と合っていなくても美しいものだった。

（どういうつもりかしら）

広場に他の踊り手がいなくなったとき、陽湖はブエルを持った両手を上に上げた。

そして大きく回り始める。

真っ白なレースのブエルがまるで白鳥の羽のように広がった。

陽湖は長いブエルの裾を地面につけないようにしてくるりくるりと回っている。

確か東方の国でこういうふうに布を使った舞踊があったことを美淑は記憶していた。陽湖の踊りはそれに倣っているのかもしれない。

美しい鳥が羽を大きく広げ舞っているようだ。雪の原では鶴が求愛の踊りをするというがそれにも似ていた。

陽湖は舞いながら皇帝の桟敷に近づいた。皇帝が立ち上がって手を叩きながら桟敷から下りてくる。

「素晴らしい、陽湖どの」

見守っていた后妃、使用人たちも拍手した。

万雷の拍手の中、陽湖がブエルの陰で微笑んだ。白いブエルが生き物のように、なびき、たゆみ、そして勢いよく回転しながら夜天へ伸びた。

まるで星を払おうとするかのようだ。

みんながブエルの先に視線を向ける。それが急激に地上に引き寄せられ、大きく回転したかと思うと一直線に皇帝の首へと伸びた。

それは一瞬のことだった。

ブエルが皇帝の首を撫でた、と誰もが思った次の瞬間、皇帝の首から真っ赤な血が吹き上がった。

「きゃあ――――！」

皇帝のすぐそばにいた一后の金紗（キンシャ）が叫ぶ。彼女の膝の前に皇帝の首が転がり落ちたのだ。

首のない皇帝は手を打ったままの姿でその場にどさりと倒れた。陽湖は真っ赤に染まったブエルを引き寄せた。

「ふふふ」

陽湖の唇から低く笑い声が漏れる。

「ふふ、くくく、あ、はははははっ！」

高らかに、陽湖の哄笑が響いた。周囲は石になったように固まり沈黙している。

美淑は陽湖がくるりとこちらを振り向き、自分を見たことに気づいた。

（まさか、まさかこんなこと――やりすぎよ、こんな派手なことをしろとは）

からだが震える。陽湖がここまでやるとは思わなかった。

「悪女め！　なんということを！」

陽湖の毒気に当てられていたのか、今まで皇帝の背後に控えていた親衛隊隊長の針仲がようやく飛び出す。

抜きはなった剣が陽湖のからだを斜めに斬り裂いた。陽湖は「ぎゃあっ」と悲鳴をあげてその場に仰向けに倒れる。

「医司を！　陛下をすぐに皇宮にお運びしろ！」

針仲が声をあげると、兵たちが皇帝のからだを布でくるみ、頭を拾い上げそれも布で巻き急いで西の門から走り去った。

陽湖のからだも翠の布でくるまれ持ち去られる。広間には大量の血だけが残った。

「そんな、陛下……陽湖さま……」

すぐ隣で二后の苑恵が真っ青な顔で震えていた。

「苑恵后さま」

美淑は年下の二后を抱きかかえた。

「おそろしいこと。陽湖さまは正気ではなかったのでしょう」

「美淑后さま……わたくしには信じられません、あの陽湖さまが……」

「ええ、ええ。本当にあの陽湖さまが」

陽湖は本当に自分の命と引き替えに下働きを守ったのか。それほどあの下働きが大事だというのか。

美淑はちらっと桟敷に目をやった。皇帝の伯母が今にも卒倒しそうな顔で立ち尽くしている。夫である都守はそのからだを支え、呆然と走り去る兵を見つめていた。

そこから目をそらすと、美淑は騒然としている広場を見回した。

（予定とは違ったけど目的は達しましたわ……いよいよですわね）

美淑は領巾で覆った唇をつり上げ、広場に流れた血を見つめていた。


甜花はようやく後宮に辿り着いた。もう真っ暗だったが、後宮の中は騒がしい。きっと宴が続いているのだと甜花は塀に手をついて息を整えた。

門から入ろうとしたとき、目の前にさっと立ちはだかったものがいた。

「入っちゃだめですわよ、甜花」

そこにいたのは白糸だった。

「白糸さん、あ、あの、わたし……」

「わかってますわ、拐かされてたんでしょ。ほんとに間抜けね、甜花」

「ごめんなさい、でも逃げてきました。あの、陽湖さまは……」

「とにかく甜花は後宮に入っちゃだめ」

「ど、どうして」

「今、後宮は大混乱なの。陽湖さまが皇帝陛下を殺してしまったから」

「ええっ！」

驚いたが次の瞬間、甜花は噴き出していた。

「白糸さん、冗談にもほどがあります」

「冗談じゃありませんわ。陽湖さまが陛下を殺害したから第九座は封鎖、あたくしたちも捕縛されるの。だからすぐに逃げなくちゃ」

白糸は甜花の手を思いがけない強い力で引いた。

「さあ、早く身を隠すのよ」

「ま、待って！　待ってください！」

甜花は白糸に摑まれた手を離そうとしたがそれはかなわなかった。ずるずると引きずられてゆく。

「どういうことなんですか！　説明してください！　白糸さん！」

自分の声が頭の中でがんがん響く。痛いくらいだ。思考が追いつかず心臓が冷たくなってゆく。

「陽湖さまは、璃英さまは、……いったいなにがあったんですか……っ！」

三

皇宮の中の大議室で、男が一人、椅子に腰掛けていた。

やがて部屋の扉が開くともう一人男が入ってきた。男はするすると足音も立てずに椅子に座る男に近づいた。

「どうだ」

椅子に腰掛けていた男が老いた声で聞く。

「はい。医司の診断では完全に陛下はお亡くなりになっているとのことです」

答える声は冷静な感情のこもらぬ声。

ふうっと息をついた老いた声の男は、椅子の背にからだをもたせた。

「まあ、この目で見ていたからな。ああも完全に首が離れていれば、生きているはずがない」

「私は拝見しておりませんが、なんでもブエルが触れると首が離れたとか」

「うむ、針仲からの報告だが、ブエルの裾に刃が仕込んであったそうだ」

「ほう……それでは陽湖妃はもともと暗殺者だったのでしょうか」

「わからぬ。針仲が早まって殺してしまったからな……重要な情報を得る前の愚行だ、あやつも処刑だな」

老いた声の男が楽しげに言った時、再び扉が開いた。男たちはびくりと身をすくめ、一人は腰の刀に手をやった。

「あらまあ、暗いお部屋でまた悪巧みですの」

華やかな声がして、女が入ってきた。女は灯りを持っていたのでその姿が見える。

本来皇宮にはいられぬはずの第四后、美淑だった。

「次の皇帝を決めるお話なら、わたしにも聞かせてちょうだいな」

美淑は灯りを持ったまま二人に近づいた。その場にある大きな机に灯りを置くと、その光が二人の男を照らし出す。

一人は前皇帝の姉の夫、市の都守義勝。もう一人は内部卿副官の呈空だった。

「わたしが命じた陽湖が陛下を殺し奉ったのだから……わたしの手柄でしょう?」

美淑は親しげに義勝の首に腕を回す。

「確かにな。しかし毒殺だと聞いていたのだが」

「それはわたしも驚きましたわ。あんな派手な真似をするとは思ってもいませんでしたのよ」

義勝は美淑の父親ほどの年齢だろう。そのしわ深い頬に軽く口づけた。

「それもこれも美淑后さまが陽湖妃――あの女の弱みを探ってくださったおかげでございます」

「まさか下働きのためにそこまでするとは思わなかったわ」

呈空の言葉に美淑は苦笑する。

「その下働きはどうした」

義勝が聞いた。美淑はその耳に赤い唇を押し当て息を吹き込む。

「書仕に金を渡して誘い出し、ある屋敷に確保してますわ。ただ、第九座のものたちは逃げてしまったらしく見つからないそうよ」

「見つからないと言っても後宮の中だろう。すぐに捜し出せ」

あとの言葉は是空に言う。内部卿副官は頭を下げた。

「かしこまりました。それで次の皇帝の選出についてですが……宣修さまはお呼びよせになるのでしょうか？」

「まさかな」

義勝があざ笑う。

「あんな愚か者に那ノ国を任せられるか。璃英が亡くなった今、この国の皇帝は先代の血を引く儂の息子しかおるまい」

「そうなると義勝さまは国父さま……わたくしはその第二夫人ですわね」

美淑が嬉しそうに義勝に頰を摺り寄せる。

「なに、すぐに第一夫人にしてやるぞ」

「まあ嬉しいこと……」

美淑はするりとからだを滑らせ義勝の膝の上に乗った。義勝は片手で美淑の細い腰を抱き留める。

「お父様に命じられて後宮に入った時は、なんて退屈なところかしらと思っていたのだけれど、こんなに楽しい悪巧みに参加できるなんて思いもしませんでしたわ」

「おまえの父親とて娘の後宮入りを利用して商売の幅を広げるという企みを持っていただろう」

二人は視線を絡めると、楽しげに笑い合った。

「もうじき今回の事件を話し合うために他の内部卿官たちがやってきます。美淑后さま、おそれいりますがご退出をお願いしても？」

呈空が言うと、美淑は不満げな顔をして義勝の膝から下りた。

「おまえは本当に野暮ねえ」

「申し訳ありません」

美淑は義勝の頬を手のひらで撫で、名残を惜しんでから出ていった。

「……美淑后さまを第一夫人にというのは真でございますか？」

呈空は扉を見つめながら言った。

「まさかな」

皇帝の従兄弟のことを聞いたときと同じ調子で義勝は答える。

「息子が皇帝になれば今の後宮は解体だ。そのさい、后の一人が行方不明になったとしても誰も気にしまい」

「かしこまりました。そのように」

表情を変えない副官の口元が一瞬だけ邪悪な笑みを刻んだ。小さな動きだったので義勝は気づかなかっただろう。

やがて扉が大きく開き、内部卿官長をはじめとして、内部卿官たちが入ってきた。いずれも手に燭台を持っている。

彼らは義勝に頭を下げ、各の席についた。机の上に置かれた燭台の火がゆらゆらと揺れて、こわばった男たちの顔を照らし出す。みな今回の事件にうろたえていた。

「さて、今回の大事件について──まず決めなければならないのは次の皇帝の──」

協議が始まったとき、再び勢いよく扉が開かれた。

「た、大変です！　皇帝が、璃英陛下が──」

兜をかぶった兵が転がる勢いで入ってきた。

「陛下が!?　どうしたというのだ！」

義勝が椅子を蹴って立ちあがる。

「陛下が鬼霊となられました！」

そう叫んだ兵の後ろに皇帝の姿があった。それは西の広場で都守が目にした最期の姿そのままで、失った首のあたりから血をどくどくと流し、上半身を真っ赤に染めている。

首のない皇帝は両手を伸ばし、ゆっくりと協議をしている大机に向かってきた。

「うわあっ！」

「ひえええっ！」

内部卿官たちは椅子を倒して逃げ出した。燭台が床に転げ落ち、灯りがいくつか消える。

その薄暗さの中で義勝も逃げ出そうとしたが、なにかに足を取られて盛大に転んでしまった。足を見るとそこに銀色の大蛇が絡みついている。

「うわあっ」

尻で這って逃げようとした義勝の顔に影が落ちた。ぼたぼたと滴ってくる血。首のない皇帝が身を屈めて都守に迫ってくる。

「やめろ！　来るな！　助けてくれ！」

すぐそばで呈空の悲鳴が上がった。目の端に見えた副官はなぜか真っ黒だ。それが無数の蜘蛛にたかられているからだとわかったのは、呈空が自分にすがりついてきたためだ。呈空のからだから小さな蜘蛛が都守のからだに移動してくる。

「うわあ！」「ぎゃあ！」

義勝と呈空は悲鳴の二重奏を奏でた。

「誰のせいだ」

首のない皇帝がくぐもった声をあげる。

「皇を殺すように命じたのは誰だ」

「殺したのは陽湖だ！　命じたのは美淑だ！」

義勝は悲鳴を上げる。

「命じたのは――？」

皇帝が血塗れの手で星空の首を摑む。

「め、命じたのは義勝さまです！」

恐怖に星空は女のような甲高い声をあげた。

「暗殺を企んだのは義勝さまです、私は相談に乗っただけ」

「きさまっ！」

義勝のなけなしの怒りが恐怖を上回った。義勝は蜘蛛で真っ黒な腕で星空を捕まえた。

「こいつだ！　こいつがそもそも儂に話を持ちかけて――」

「どっちもどっちだな」

首のない皇帝があきれた声で言う。それは女の声だった。からだを起こし腰に手をやると、都守と副官にたかっていた蜘蛛と蛇がさっとはけていった。

「聞いていたな」

首なし皇帝は壁にそって立ち尽くしている内部卿官たちに言った。青ざめた顔がいっせいに縦に振られる。

皇帝は血塗れの衣服をバサリと脱いだ。その下にあったのは白銀の髪に翡翠の瞳、豊満な胸に細い腰の――女の姿だった。

「お、おまえは」

立っていたのは親衛隊長に倒されたはずの第九座の佳人、陽湖だ。

「あいにくだったな、私は生きている」

「き、きさま、皇帝陛下を殺しておいてよくも」

「皇帝陛下か」

陽湖はふんっと鼻を鳴らす。

「呼んでいるぞ、陛下」

陽湖のそばに兵が近寄ってきた。

「お、おまえ！　早くその女を討て！　皇帝暗殺の犯人だぞ」

義勝が震える指でさす。だが兵は剣に手を触れることもなかった。

「安心しろ。皇帝は死んではいない」

兵は都守と内部卿副官に向かって低い声で言った。

「な、なんだと!?」

「私の命を狙う輩をおびき出すための茶番だったのだ」

そう言って兜をとると、そこに若く美しい青年の顔が現れた。

「へ、陛下……」

呈空の顎が外れそうなくらいに大きく開く。義勝も目を瞠り、やがて仰向けにばったりと倒れた。

「その二人を捕らえよ」

皇帝の声に応えて扉の外から本物の兵たちが走ってくる。先頭にいたのは針仲だ。けたたましい悲鳴も聞こえ、兵に引きずられた美淑后も入ってきた。

「よ、陽湖……っ、さま！」

美淑は部屋の真ん中に立っている陽湖を見て悲鳴をあげた。

「ど、どうして……！　なぜ二人とも生きているの、首が……」

へたへたと美淑が座り込む。

「私が落としたのは木偶の首だ」

陽湖が嘲笑を浮かべて答える。

「みなが私の舞いに見惚れている間に陛下は木偶と入れ替わった。針仲とはあらかじめ打ち合わせをしていたので着物の布一枚切り裂いただけだ。血袋が思ったより勢いよく血を噴いてくれてびしょびしょになったがな」

陽湖がそう言うと義勝に縄をかけている針仲がぺこりと頭を下げる。

「美淑どの」

皇帝が呆然と自分を見上げている后に言った。

「あなたが陽湖どのを脅したあと、大変な剣幕で陽湖どのが皇の部屋にやってきてな」

皇帝はどこか楽しそうな口調で言った。

「あのときは驚いた。いきなり現れるのだから」

――おまえたちの内輪もめに甜々を巻き込むな！

陽湖は璃英にそう怒鳴った。皇宮の、しかも皇帝の私室でだ。

『陽湖どの、どのようにしてここへ』

璃英もさすがに驚いた。

『図書宮から来た。あそこは皇宮と後宮をつなぐ場所だからな』

『しかし兵がいたはずだ。それにここまでだって見咎められずに来ることは不可能だ』

『私は行きたい場所に行く。誰も止められない。そんなことより甜々だ！』

陽湖は怖い顔で璃英の首を摑んだ。

『私はこの国やおまえがどうなろうといっこうにかまわん。私の望みは甜々の幸せと平安だけだ。身内の殺し合いは身内だけでやっていろ、甜々を巻き込むな！』

『甜々が……どうしたんだ！』

璃英は陽湖を上回る勢いで怒鳴った。

『美淑にさらわれた』

陽湖は突き飛ばすようにして璃英を離した。

『あの女、甜々を助けたければおまえを殺せと言った。今すぐにでもおまえを殺してもいいのだが』

陽湖はくるりと背を向ける。

『あいにく甜々はおまえのことも好いている。おまえを殺せば甜々に嫌われる』

『…………』

璃英は摑まれた着物の衿を直した。

『甜花は皇のことを好いてなど――。彼女が好きなのは瑠昴兄上だ』

捨て鉢な言葉に陽湖は少し驚いた顔をした。

『好いてない？　人間というのはまったく……。獣なら互いの匂いを嗅ぎ合っただけでわかるというのに』

『なんの話だ』

『甜花はまだ子供だということだ。初めて抱いた感情もよくわかっておらぬ。お前の兄と甜々になにがあったかは聞いてないが、今の甜々の気持ちはおまえに近づいている』

『それは……』

璃英の白い頬が赤くなった。

『兄上に遠慮しなくていいということか』

『知るか――私がここまで言うのはかなりのおせっかいだぞ』

璃英はちょっとの間口元を押さえてうつむいていた。だがすぐに顔を上げ、『甜々を捜さなければ』と決意を込めて言った。

『それは私の配下がやっているからすぐに見つかる。助け出すこともできる。だがそれより二度とこんなことが起こらないようにしたい』

『それは……』

『美淑はおまえを殺せと言った。しかし、美淑だけの考えではない。あの女の後ろに男がいる。そいつを炙り出さなければならん』

『男？　なぜわかるのだ』

『後宮の女が皇帝を殺してなんの得がある。得をするのは次の皇帝、あるいはその取り巻きだ。それにあの女からは臭い男の匂いがプンプンしたからな』

『なるほど……』

『心当たりはあるか？』

『実は――ある』

『では』

陽湖はぽんと手を叩いた。

——茶番をひとつ、打ってくれ。

「と、そういうわけでこんな大がかりな話となった。前の従兄弟どののときは陽湖どのが死ぬ役だったが今度は皇が死ぬ羽目になったな」

美淑と都守、内部卿副官は呆然と皇帝の話を聞いていた。

「そんな……あれが木偶だなんて」

信じられない、と美淑が呟く。

「舞を舞う前に松明（たいまつ）に春香椒（シュンコウショウ）という草の葉をくべておいた」

陽湖が種明かしをするように両手を広げた。

「春香椒は幻覚を見せる効果があってな。くわえて私の舞にも同様の効果がある」

いっそ自慢げな様子だ。

「あの場にいた人間はみんな私の術にかかっていた。皇帝だって自分の首が本当にくっついているか、確認したくらいだったぞ」

そう言われて璃英は苦笑して首に手を置いた。

「針仲や兵たちにすぐに死体を回収させたのも木偶を見破られるとまずかったからだ。ついでに言えば医司も仲間だ」

「で、ではさっきの蜘蛛は、蛇は？」

「私は山育ちなので蜘蛛や蛇とは仲がよい」

なんでもないことのように言って陽湖がにやりとする。とてもそれだけで納得はできそうもなかったが、それは些末なことだ。

なにせ彼らはこれから皇帝暗殺未遂の咎で裁かれるのだから。

引き立てられていく三人を見送り、璃英は残っていた内部卿官たちを振り返った。

「さあ、協議を始めよう。新しい副官と都守を選ばねばならん。あと、亜縣妃や美淑后などを生み出した後宮の存続に関して……皇は必要ないと思っているのだが、意見を聞こう」

陽湖は扉の前に立ち、璃英が議事を進めるのを見つめた。やがて外へ出ると、一礼して静かに扉を閉めた。


「陽湖さま――！」

陽湖が第九座に戻ると、すでに銀流、你亜、白糸、紅天、そして甜花が揃っていた。

「陽湖さま！」

甜花は陽湖に飛びつき、胸に顔を埋めて泣いた。

「よしよし、甜々。怖い目に遭わせたな、大丈夫か？」

「わたし、わたしのことなんてどうでも……っ！　それより陽湖さま……！」

涙をまき散らす甜花に陽湖は困った顔をして頭を撫でた。

「ああ、もう全部終わったからな、安心しろ」

「陽湖さまが璃英さまを殺したって……、第九座が閉鎖されたって……、わたしもうどういうことなのかわからなくて……っ」

「みなから話を聞いたのだろう？」

「聞きましたけど、でも心配で心配で！」

わあわあと甜花は泣き続けた。

あのとき白糸に後宮に入るのを止められ、外の茶屋に身を隠した。そこには紅天や你亜もいて、詳しい話を聞くことができたのだ。

自分が誘拐された目的が、皇帝暗殺だったこと、そして陽湖が脅されたが、それを利用して黒幕を炙りだす……。そんな大それたことがうまくいくのかどうか、心配でたまらなかった。

それで陽湖の顔を見たとき、緊張の糸が切れて涙が溢れ出してしまった。

甜花は子供のように陽湖の前で泣いた。

陽湖がそこにいること、第九座に戻れたことが嬉しくて、ずっと泣き続けた。

四

夏至の宴から一ヶ月ほどが過ぎ、次は星渡りの行事の季節になった。

天にかかる星の川の両岸にいる乙女と皇子が一年に一度川を渡って出会うという。

その出会いを祝う行事だ。

この夜が晴れれば秋の実りは約束され、雨が降れば洪水が起こると伝えられていた。

近年では三年続けて雨だったので、今年こそはと人々の期待が盛り上がっている。

後宮は穏やかな日々の中で星渡りの行事に向けて準備が進んでいた。

そんな中、じわじわと後宮がなくなるかもしれないという噂が流れ、人々は少々落ち着きがない。

夏至の宴の際、第九座の佳人が皇帝の首を斬り落とした事件、あれは皇帝と佳人で企てた暗殺阻止のための茶番だったと今は広く知られている。現在、投獄されている第四后の美淑もその暗殺事件に関わっており、後宮は悪計謀略の温床と見られている。

三〇〇〇人近くいる女たちが職を失うのは、皇帝が亡くなることよりも大事件かもしれない。

そんな中、甜花は書司長の蘇芳に呼ばれ、図書宮へ来ていた。

「甜花水珂、参上しました」

甜花は書司長の部屋に入って頭を下げた。

「よく来た、よく来た」

蘇芳は相変わらず積み上げた書物の向こうから声をかけてくる。

「今日は吾輩、そなたに伝えることがあってな」

「はい、なんでございましょう」

蘇芳はよいしょ、と机の上の書物の壁をどけた。

「うむ、士暮先生の蔵書、ようやく分類が終わってな。あれは大したものだったぞ」

「さようでございますか」

甜花は自分が褒められたように嬉しくなった。

「一冊残らず図書宮へ納めることとなった。水珂先生の書架も用意するぞ」

「すごい！」

「書物が増えたこともあるし、実は緊急で書仕を一人増やすことになったのじゃ」

「はい」

「甜花水珂。そなた、書仕試験を受けてみないか？」

「ええっ！」

あまりに驚いて、甜花の足から力が抜けた。床にぺたりと座り込んでしまう。

「修繕部でよく手伝っているのを知っておる。図書宮で書仕として働くには通常二年の下働きの経験が必要じゃが、推薦があれば一年でも大丈夫じゃ。もちろん書仕試験を受けて合格せねばならん。そして最初の一年は見習いじゃ。そのつもりがあれば試験を受けてみい」

「そ、それは――」

願ってもないことだ。書仕になるという夢、それが目の前に差し出された。

「でも……あの、わたしは第九座の下働きで……陽湖さまの許可をいただかないと」

「もちろん、第九座の佳人どのには話を通してある。佳人どのは快く許可してくださったぞ」

「えっ」

甜花は今朝の陽湖を思い出した。そんなことは一言も言っていなかった。

「今日明日の話ではない。そなたの心の準備ができれば、書仕試験を受けるがよい。これを」

そう言って蘇芳は分厚い紙の束を差し出した。

「これは書仕試験の過去問答集じゃ。これで勉強すればよい」

甜花の両手の上にずっしりとした問答集が渡された。これが知の重みなのか。

甜花は呆然としたまま図書宮をあとにした。すっかり夏の葉を茂らせている緑の森を歩く。

「わたしが書仕……第九座を辞める……」

いつかは、と願っていたが、いざその望みが叶うとなるととまどうばかりだ。なにより陽湖のもとを離れるのがつらい。

「どうしよう、ほんとにお受けしていいのかな」

手の中の問答集がさらに重く感じる。

歩いていくといつのまにか祠のほうへ出ていた。先代の皇帝の妻、死んだあと、紅駁病封じの神として祀られた璃英の母親の墓でもある。

甜花はときおりこの祠に花を供えていた。その社の前にごろりと寝転がっている人がいる。

「……陛下」

甜花の声に璃英は空を仰いでいた顔をこちらに向けた。唇に小さな花がある。

「ああ、甜々か」

「失礼いたしました、お邪魔を……」

「いや、いいんだ。こちらへおいで」

璃英は起き上がり、花を膝に乗せた。甜花はおずおずと皇帝のそばに近づく。皇帝は甜花が手に持っている問答集に気づいた。

「書仕の試験を受けるのか？」

「あ、いえ、これは——」

甜花は紙の束を背の後ろに隠した。

「書仕になるのが望みだっただろう？　先日は皇のせいで誘拐され怖い目に遭わせてすまなかった。その詫びもかねて、蘇芳どのにそなたを書仕に推薦しておいたのだ」

皇帝の言葉に甜花は目を瞠った。

「璃英さまがお話しくださったのですか？　それじゃあ……」

ズルじゃないですかと言い掛けた甜花を、璃英は手を上げて遮る。

「誤解するな。蘇芳どのは皇が一言口をきいただけで書仕を選ぶ方ではない。甜々を書仕にと見込んだのはあの方の目だ」

「でも、……」

璃英は自分の横の草地を叩いて座るようにうながした。甜花はおずおずと近くに座った。

白い麻を使った璃英の衣装は、いつもより飾りもなくすっきりとし、冕冠もない彼は夏の木陰のようにさわやかな風情だった。なんだか眩しくて、甜花は目を伏せる。

「甜々。保尾の地の鏡湖を覚えているか？」

「あ、はい」

急に話を変えた璃英に甜花は思わず顔を上げた。

「あのとき、満月の夜――甜々も対岸にいたな」

「は、はい」

璃英がいたのは知っていた。でもまさか自分がいたことも知られていたとは。

「あのとき甜々は月の柱の中で誰に会った？」

「……おじいちゃんです」

名を呼ぶだけで何度でも懐かしい。

「そうか」

「璃英さまは？」

そう聞くと璃英は遠くを見つめて微笑んだ。

「……兄上だ」

「瑠昴さま」

月の柱の中の瑠昴――どんなに美しかっただろう、と甜花は想像する。

「ああ……。もし甜々が会いたかったのが兄上だったらどうなっていたのだろうな。兄上が二人お出ましになったのかな」

「まさか」

思わず笑ってしまった。湖のこちらと向こうで同じ瑠昴さまが？　と。

「甜々は兄上と会いたくなかったのか?」

「それはもちろんお会いしたいです。でもあのときはおじいちゃんに会えてとても嬉しかったんです」

「甜々は兄上と夢で会ったのではないのか?」

そう言われて甜花はぎょっとした。桃の花の下で見た夢は鮮明に覚えている。

「ど、どうしてご存じなんですか」

「ふふ」

璃英は楽しそうに笑った。自分に向けられた笑み——そうだ、この微笑みは、今自分だけに向けられている。そう思うと胸が苦しくなった。

どうして心臓がこんなにドキドキしているの?

「兄上がな」

璃英は優しい口調で言った。

「は、はい」

「甜々はいい子だと言っていた」

「……そんな」

褒められて嬉しいが、いい子、というのがひっかかる。そういえば夢の中でわたしは子供の姿だった。

「瑠昂さまにはきっとわたしはいつまでも五歳の幼児なんです」

一〇年前の記憶、思い出。わたしにとっても瑠昂さまは哀しみと一緒に、けれど心穏やかに思い出せる大切な思い出。

「皇が会った兄上は亡くなられたときのまま……今の皇より幼い姿だった。生きているものは成長するのだ。甜々だって大きくなって、こんなにきれいになったのにな」

軽く言われた言葉が耳を通って頭に回るまで少し時間がかかった。きれい？　きれいって言った？　……きれいって!?

「な、な、なにをおっしゃるんです！　璃英さまのほうがおきれいです！」

甜花は真っ赤になって叫んだ。目の前に本当に美しい顔がある。

「男がきれいと言われてもな」

「おきれいなものは仕方ありません。薔薇に醜く咲けとは言えませんよ」

そのたとえに璃英は笑い出した。

「薔薇も美しいが……」

そう呟き、まだ膝にあった小さな花をとる。薄桃色の四枚の花弁、身を寄せ合っておしゃべりしているような可憐な花。

「皇はこんな花も美しいと思う」

「ゆうげしょうの花……」

「そう言うのか？　甜々に似てると思っていた」

璃英は手を伸ばすと甜花の髪に花をそっと載せた。

「〜〜〜っ」

甜花はなにも言えず真っ赤になる。

「甜々、書仕になるといい。そして、毎月皇に一冊本を選んでくれ。おまえの仕事はまずそれだ」

「でも、わたし――陽湖さまの……」

「甜々。後宮は近い将来消滅する」

急に真面目な顔になって璃英が言った。

「え？」

「図書宮は残る。その他医房も残るし、新しく学校も建てる。その学校では読み書きの他、女たちが手に職をつけるための教育も行う。今、後宮で物作りをしているものたちが商売をできるような施設も作るつもりだ。ここは大きな商業都市になる」

璃英は広大な庭に向けて両手を広げた。彼の目にはもう地図ができあがっているのだろうか？

「後宮は負の伝統だ。皇帝の子を産むためだけに女たちを集め閉じ込める。そのためにいろいろな軋轢が起こる。もうそんな場所は必要ない。皇は新しい国を作る。その国では、皇は……俺は、自分で選んだ一人だけの后を愛したい」

璃英がそう言って甜花を見つめた。その力強い目の光にどきりと胸が鳴る。甜花は赤くなった顔を隠すように両手で頬を覆った。

「で、でも后妃は？　その使用人たちはどうなるのです」

「后妃は自分たちの郷に帰す……皇が必要としない女たちを、この狭い庭に縛り付けておくのは申し訳ないしな」

「よ、陽湖さまも!?」

「そうだ……山へ帰られると言っていた」

甜花はぱっと立ち上がった。

「甜々！」

皇帝の声が背中で聞こえる。甜花は答えずに問答集を抱えて走った。


「陽湖さま！」

第九座に駆け込むと、陽湖はいつもの長椅子の上に横になっていた。

「おお、甜々。図書宮の用事は終わったのか？」

「陽湖さま！　山へ——郷へ帰られるというのは……っ！」

陽湖の椅子の前にへたり込んで叫んだ甜花に、陽湖は眉をひそめた。

「なんだ、耳が早いな」

「い、今すぐじゃないですよね、わたしを置いていきませんよね！」

「甜々……」

陽湖は長椅子に座り直し、床の上の甜花の両手を取った。

「甜々。蘇芳から書仕になるように言われただろう？　私も直接聞いて了承した。蘇芳は士暮と同じ匂いがする。あれは信用できる」

陽湖は甜花の手を力強く握りしめた。

「陽湖さま……」

「書仕になるのがおまえの夢——鏡湖でそう言っていたではないか。願いが叶った」

はっとした。確かにあのとき大きな声で言っていた。

「人は夢を叶えることが、自分の居場所を見つけることが一番の幸せなのだろう？　私はいつもおまえの幸せを願っている」

「よ、陽湖さま」

そっと優しく頰を撫でられる。甜花の丸い頰の上で陽湖の指が離れがたいように円を描いた。

「もう、おまえ一人でも大丈夫だ」

「だめです、そんなの！　陽湖さまがいないと」

「甜々」

陽湖は甜々から手を離し、立ち上がった。

「後宮が……なくなるからですか？　だからお帰りに」

「それだけの理由ではない。実はそろそろみんな限界でな」

陽湖は背後を見回した。銀流、白糸、你亜、紅天が揃っている。

「我らはもともと山のものだ。ずっと人の中にいると無理が出る。おまえも紅天が具合が悪いのではないかと言っていたな」

甜花ははっとして窓辺の紅天を見た。紅天は申し訳なさそうな顔をしている。

「じゃ、じゃあ、少しお休みになれば……療養で山にお戻りに……」

「甜々」

陽湖は両手で甜花の頰を抱いた。

「そういう問題ではないのだ……甜々、我らはな、」

「陽湖さま」

銀流が鋭い口調で言う。それに陽湖はうなずいた。

「わかっているが、これで最後だ。最後くらい、私の真の姿を知ってもらうのもいいだろう」

銀流は小さくため息をつき首を横に振る。あきらめのような表情が浮かんでいた。

「仕方ないにゃあ。陽湖さまのお好きにするにゃ」

你亜が紅天に寄り添い頬を擦り付ける。

「でも甜々が紅天たちを嫌いになるかも」

紅天は小さな声で不安そうに呟く。

「ほら、甜々」

白糸が手に持っていたブエルを甜花にかぶせる。夏至の宴のために編んでいた揃いのブエルだ。

「あの日は使えませんでしたわね。受け取ってちょうだい」

「白糸さん……」

甜花はブエルを貰ったことより、白糸から〝甜々〟と呼ばれたことのほうが嬉しかった。

「ありがとうございます」

「甜々はバカで間抜けだけど、心は狭くありませんわ。ねえ、陽湖さま」

白糸の言葉に陽湖は苦笑した。

「そうだな、甜々は私の自慢の娘だから」

「娘……？　陽湖さま」

陽湖は甜花に優しく微笑みかけた。

「甜々。山で最初におまえを拾ったのは私だ」

「えっ」

「泣いていた赤子を拾い、一年の間、抱いてあやして乳を与え育てたのは私なのだ。そして山に来た士暮におまえを預けた。人の子は人が育てるものだと士暮が言うのでな……しかし士暮が死んだとき、おまえが独り立ちできるまでもう一度見守るという約束をしたのだ」

「陽湖さま……」

「我らは天涯山に棲むあやかし」

陽湖の背に大きく見事に美しい、白銀の尾が立ち上がる。その姿はもう人ではなかった。大きな耳と長い口、鋭い爪のついた太い四つ足を持つ獣の姿だ。

「私は千年生きる狐のあやかし、白銀だ」

陽湖の背後に大きな白い蛇が、しなやかな二本の尾を伸ばす猫が、赤い翼を広げる鳥が、八つの目を持つ大きな蜘蛛が従っていた。

「陽湖さま……銀流さん、你亜さん、紅天さん、白糸さん……」

異界と化した第九座の中で、甜花は呆然と立ち尽くした。

「すまないな、甜々。恐ろしいだろう?」

妖狐はゆらゆらと尾を振り、頭をわずかに下げた。頬に生えた銀色の髭が力なく下がっている。

「おまえをずっとだましていたのだ」

「…………」

甜花は妖狐のけむくじゃらの顔をじっと見つめた。白い面、湖のような翡翠色の瞳をけぶらせる長い睫毛、白銀の毛並。

「わたしを……拾って育ててくれた……？」

じゃああの子守歌は。鏡湖の天幕で、陽湖が歌ってくれた、どこかで聞いたことがあると思ったあの歌は――。

「陽湖さまが……歌ってくれていたんですね」

甜花は両手を伸ばすと妖狐の大きな顔を抱きしめた。

「陽湖さま……わたしの……おかあさん……！」

「……甜々」

狐の尾がぐるりと甜花のからだを包む。その毛皮に埋もれて甜花は涙を流した。

生死の分からぬ実母よりも、こうやって抱きしめてくれる熱が愛おしい。

「そう、そうよ。ずっとこの温かさと柔らかさ、匂いを覚えていた。陽湖さま、おかあさん、わたしの――おかあさん！」

「甜々……！」

甜花はぎゅうっと白い毛皮にからだを押しつけた。妖狐の目からも涙がいくつもこぼれ落ちた。

終

季節が変わり、緑の葉が赤く染まった頃、甜花は書仕試験を受けて、晴れて書仕見習いとなった。

同じ時期、後宮の廃止がはっきりと公布された。全面的な解体は年明けになるが、ぽつぽつと后妃の館から人がいなくなっていた。

後宮を支えてきた職人たちはこのあとも新しい場所で仕事があるが、館の住人たちにできることはない。

後宮出身であったという箔でよい縁談を受けるか、高給を払ってくれる仕事を見つけなければならない。

明鈴と彩雲も後宮を去ることになった。このまま残って学問を受けたり、職業女としての修業をすることもできたが二人はそれを断った。

甜花は二人と抱き合った。後宮でできた友人だ。離れてしまえばもう会うこともなくなるかもしれない。

「そんなことないわ」

明鈴は涙をぬぐって明るく言った。

「あたしは実家に戻って商売を引き継いで斉安一の商家にしてみせる。素敵な衣装を扱うから、二人とも買いに来て！」

「わかったわ、小鈴。そのときは選んでね！」

明鈴は甜花の背中を力強く叩いた。

「後宮で学んだことは忘れないわ。使用人たちにも優しくするわ。休暇もあげる。あたしの家がやっていることが那ノ国全部の標準になるくらい、いい店にするわ」

「小鈴ならきっとできるわ」

彩雲も甜花の手を握りしめ、泣きながら笑いながら言った。

「私もおばさんのところへ戻って仕事を手伝うわ。死んだ両親や育ててくれた親の代わりにうんと孝行する！」

「そうね、彩雲。きっとおうちの人たち喜ぶわ」

本当の親、育ての親、彩雲を取り巻く人たちの思いを受け止めているからこそ、彼女は幸せになる努力をするだろう。

三人はもう一度強く抱き合った。

「きっといつかまた会いましょう！　文を出すわ、返事をちょうだいね」

「うん、わたしはずっと図書宮にいるから、本を読みに来て」

「本は苦手だけど、がんばるわ！」

明鈴と彩雲はそう言って西の門から出ていった。

甜花は人が少なくなった後宮を歩き、第九座に来てみた。

第九座はからっぽだ。わかっていたことだが。

陽湖たちが正体を明かした数日後、盛大な見送りを経て第九座の面々は後宮を出た。

そのあとを追うように次々と后妃は離れていった。

来年の春には改修工事が入り、後宮そのものがなくなってしまう。

空っぽの第九座を見つめ、甜花は持っていた本をぎゅっと抱きしめた。この本は皇帝陛下に届ける本だ。

月に一度、皇宮に本を届け、皇帝、璃英の部屋で一緒に読む。

後宮の改修や他国との駆け引きで、毎日忙しそうにしている璃英の唯一の休息の時間を一緒に過ごす。

璃英はたいていは優しく、ときには甜花をからかい、疲れ果てては愚痴を零す。甜花はそんな璃英を慰めたり励ましたり、また、ふくれっ面で文句を言ったり、大声で笑い合う。

陽湖がいなくなった心の寂しさを、二人で埋める。

時々、陽湖の話をする。何年後になるかわからないが、いつか陽湖に会いに行こうと相談もする。それを支えに日々の仕事に励んでいた。

甜花は熱くなってきた目元を拳で擦り、第九座に背を向けて走り出した。


天涯山の森の中で、大きな銀色の狐があくびをしていた。二本のしっぽをゆらゆらと揺すり、落とした木の実を食べる。

「……退屈だなあ」

そこへ赤い雲雀が飛んできた。

「白銀さま、山に人間が入ってきました」

「人間だと？　そんなものとっとと追い返してしまえ」

狐はそう言うと前脚の中に顔を埋めた。

「あら、いいんですの？」

別の声が聞こえ、犬ほどもある大きな蜘蛛がするすると降りてくる。

「とてもおもしろそうな人間ですのに」

「おもしろそうな人間？」

　ぴくりと三角の耳が動く。

「ええ、全部で三人です。顔に傷のある男と、若くて美しい男。それに娘が一人……おやおや娘は大きなクルミの実を首から下げていますわ」

　白い蛇が木の枝に身を絡めて言う。

「誰かの名前を呼んでるにゃあ……陽湖さまって」

　銀色の狐はぱっと飛び起きた。とたんにその姿は美しい女に変わっている。

「ど、どうだ？　久しぶりに変化したからなにかおかしくないか？　ちゃんと目が二つに手足も二本ずつあるか？」

「大丈夫ですよ、〝陽湖さま〟」

　白い蛇も、赤い鳥も、猫も蜘蛛も人間の姿になっている。

「まさか来てくれるとはな。四年ぶりか……さあ、私の娘がどのくらい大きくなっているか、見に行こう！」

　陽湖はそう言うと風のような勢いで山を駆け出した。

　愛しい娘に会うために。

あとがき

『百華後宮鬼譚』これにて完結でございます。いかがでしたでしょうか？

いや、まさか最後に後宮があああなるとは書いている作者もびっくりでした。もともと明確な終わりは考えずに甜花のあとを追いかけながら書いていたので、次から次に起こる事件に右往左往していました。

甜花も頑張りましたが、影が薄いと言われ続けた陛下も頑張りました。陽湖さまは大体だらだらしているだけでしたが、こちらも頑張ってくれました。

ただ陽湖さまが頑張ると館に火がついたり、巨大蜂をぶんなぐったり、過激な方向へ走るのですが、今回もかなり過激でしたね。

もう少し後宮をしっちゃかめっちゃかにしてもよかったのですが、尻尾もあと二本しかないし、ちょっとは命大事にしてもらいましょう。

甜花たちのお話を書いているときはとても楽しい時間でした。

いつも物語を作るときは長い旅に出ているような気分になります。机に向かいパソコンでキーボードを打っていたり、喫茶店でポメラで書き込んだり、その場から一歩も動いていないのですが、心は後宮の赤い廊下を歩き、また広い森の中、海辺の村の砂を踏み、広い図書宮のひんやりとした廊下を歩いていました。

我に返るとぼんやりします。今自分はどこにいるのだろう……？

もちろんうまく旅の気流に乗れないときもあります。そんなときは冷蔵庫から冷えた缶ビールを出し、ゴクリと一口。一話書き終わったからとワインを空け、二話できたと日本酒を傾け、三話が進まない！　とコーヒーにウイスキーをたらし。

または映画館に行き書店を巡りネットの海に潜りゲームに逃げたりもしました。やりすぎると陽湖さまに首根っこを押さえられパソコンの前に座らされましたが。

そうやって現実と那ノ国を行き来しながら書きあげました。

そうそう。そんな空想の世界を目で見ることができるようになったんですよ！　なんと本作が漫画になったんです。キャラクターがいきいきと動き回り鬼霊や妖怪、館や図書宮を見ることができます。すばらしいですね！　小説家冥利につきるというものです。コミック版も十月上旬にＫＡＤＯＫＡＷＡさんから刊行されますので、ぜひ読んでみてください。

さてさて、お話の最後はお読みになった通りですが、ああなる前になにがあったのか、甜花と陛下はどう二人の時間を過ごしたのか、みなさんにいろいろと想像していただければと思っています。

ではまた会う日までお元気で！

二〇二二年　九月　愛媛県のクラフトビールを飲みながら。

本書は書き下ろしです。

百華後宮鬼譚（ひゃっかこうきゅうきたん）

皇帝暗殺の謀略!? 下働きの娘、巣立ちのとき

霜月りつ

2022年10月5日初版発行

発行者……………千葉 均
発行所……………株式会社ポプラ社
〒102-8519 東京都千代田区麹町4-2-6
フォーマットデザイン 荻窪裕司(design clopper)
組版・校閲 株式会社鷗来堂
印刷・製本 中央精版印刷株式会社

落丁・乱丁本はお取り替えいたします。

電話（0120-666-553）または、ホームページ（www.poplar.co.jp）のお問い合わせ一覧よりご連絡ください。
※電話の受付時間は、月～金曜日、10時～17時です（祝日・休日は除く）。

ポプラ文庫ピュアフル

ホームページ www.poplar.co.jp

N.D.C.913/300p/15cm
ISBN978-4-591-17507-1
P8111341

鬼霊を視る娘が後宮に秘められた謎を解く！
あやかし×中華風後宮ファンタジー。

霜月りつ

『百華後宮鬼譚
目立たず騒がず愛されず、下働きの娘は後宮の図書宮を目指す』

装画：しのとうこ

生まれつき鬼霊を視る才を持つ本好きな甜花は、元博物官でたくさんの蔵書を持つ祖父の死を看取った際、この書物を後宮の図書宮に入れたいと熱望する。そして自分はそこで働く書仕になりたい、と。そのため後宮に下働きとして潜り込むが、なぜか陽湖妃の付き人に任命され、トラブルに巻き込まれて――。やがて皇帝もまた鬼霊を視ていると気づいた矢先、後宮を巻き込む大事件が！　謎解き×あやかし、中華風後宮ファンタジー開幕。

ポプラ文庫ピュアフルの好評既刊

コミック版も大人気連載中!
皇帝暗殺事件、引き起こしたのは意外な人物!?

霜月りつ
『百華後宮鬼譚
強く妖しく謎めく妃、まさかの後宮大炎上!』

装画：しのとうこ

後宮の図書宮で働くことを夢見る甜花。現在は後宮の第九座の妃・陽湖に仕える身だが、ある日、市場で「天人掌」という砂漠に生える植物を手に入れた。しかし、以来後宮では大量に虫が発生し、人を襲う事態に。陽湖から天人掌の回収を命じられるが……!? やがて皇帝暗殺事件まで起きてしまい——。生まれつき鬼霊を視るという力を持つ甜花が後宮で起きる不可思議な事件の闇に迫る、大人気あやかし×中華風後宮シリーズの第二弾! コミック版も大好評連載中。

呪いを解くために、偽りの妃として後宮へ――。

顎木あくみ『宮廷のまじない師 白妃、後宮の闇夜に舞う』

装画：白谷ゆう

白髪に赤い瞳の容姿から鬼子と呼ばれ親に捨てられた過去を持つ李珠華は、街でまじない師見習いとして働いている。ある日、今をときめく皇帝・劉白焰が店にやってきた。珠華の腕を見込んだ白焰は、後宮で起こっている怪異事件の解決と自身にかけられた呪いを解くこと、そのために後宮に入ってほしいと彼女に依頼する。珠華は偽の妃として後宮入りを果たすが、他の妃たちの嫉妬と嫌悪の視線が珠華に突き刺さり……。『わたしの幸せな結婚』著者がおくる、切なくも愛おしい宮廷ロマン譚。